Und wenn sie nicht gestorben sind…

Anekdoten über die Gebrüder Grimm

Gesammelt und aufgeschrieben
von Ruth Oelze

EULENSPIEGEL VERLAG

»Nach meiner Überzeugung gibt es unter allen, die sich jetzt in Deutschland um dessen ältere Literatur bekümmern, keinen, wie Wilhelm Grimm und seinen Bruder Jacob, an Wahrheitsliebe, Gründlichkeit, Umfassung und Fleiß.«

Achim von Arnim

𝔄 *wie A*

»der edelste, ursprünglichste aller laute, aus brust und kehle voll erschallend, den das kind zuerst und am leichtesten hervor bringen lernt, den mit recht die alphabete der meisten sprachen an ihre spitze stellen«.

Wie anders als mit »A« sollte man ein alphabetisch sortiertes Anekdotenbändchen über die Brüder Grimm einleiten? Und wie sonst als mit dem ersten Eintrag ihres verdienstvollen Werks, des »Deutschen Wörterbuchs«, sollte man beginnen, um den Leser mit der Grimmschen Sprache vertraut zu machen?

Wer Wissenswertes (→ Biermörder) und Anekdotisches (→ Friseur) aus dem Leben der berühmten Märchenbrüder, über ihre Werke oder den Umstand, weshalb oben zitierter Text gänzlich in Kleinbuchstaben wiedergegeben wird (→ Eigentum), erfahren will, der blättere drauflos …

»a leck me!«

Akribisch wie er war, machte Jacob Grimm in seiner »Deutschen Grammatik« auch vor der Untersuchung von derben Sprüchen und Beschimpfungen nicht halt. Neben einem Paragraphen über Flüche – »hol ihn … der Teufel!, der Kuckuck!, der Geier!, der Henker!« – existiert auch einer über das »Arschlecken«: »leck mich am arsch! leack mar im arsch! a leck me! lecke mich zu crakau! leck mich im gat! lek mi om stört! schau mir in hindern! kehr mir die zung im ars um! schieß mir die zung in ars! blas mir in ärmel! blos mar da hobel! blas du mir hinten die lonten ab! friß mir aus der krippe!«, oder auch: »ich will dein Maul unter ein Scheißhaus nageln!« Es ist nur schwer vorstellbar, dass der Herr Professor jemals seinen gesamten Wortschatz auch aktiv bemüht hat. (→ Grammatik, Deutsche, → Zitiert)

Ähnlichkeit

Nach dem Tod des Bruders mied Jacob Grimm mehr als zuvor jede Geselligkeit und zog sich in sein Zimmer zurück, wo er wie ein Besessener bis zu zwölf Stunden täglich am »Deutschen Wörterbuch« arbeitete. Nur den morgendlichen Spaziergang durch den Berliner Tiergarten behielt er konsequent bei – gerne in Begleitung des langjährigen Freundes und Weggefährten Ludwig Uhland, wenn dieser in Berlin weilte.

Die beiden alten Herren schritten dann in erstaunlich flottem Tempo auch die kleinsten Wege und abseitigsten Plätze ab, sprachen über vergangene Zeiten und ihr Lieblingsthema: die deutsche Sprache. Uhland war ein begeisterter Anhänger von Jacobs Forschungen zu den »Deutschen Rechtsaltertümern«, er rühmte den Kollegen für den »Goldfaden der Poesie, den er selbst in der Wissenschaft, die man sonst als eine trockene zu betrachten pflegt, gesponnen hat«. So sollen sie sich auf diesen Spaziergängen gegenseitig ihre Lieblingszitate und Sprüche erzählt haben.

1862 starb Uhland. Jacob wurde immer einsamer. Der Schriftsteller Berthold Auerbach traf ihn noch einmal alleine im Tiergarten und vermerkte diese Begegnung in seinem Tagebuch. Die Art, wie Jacob beim Sprechen den Kopf nach hinten geworfen hatte, habe ihn stark an Uhland erinnert. (→ Tempo, → Tod)

Andacht zum Unbedeutenden

Was ursprünglich als hämische Kritik gemeint war, wurde zum Lobeswort und zu *dem* Charakteristikum der Grimmschen Arbeiten: In den Jahren 1813 und 1815/16 gaben die Brüder die Zeitschrift »Altdeutsche Wälder« heraus, die aber wegen mangelnden Erfolgs nach nur drei Ausgaben wieder eingestellt wurde. Zum ersten Band erschien ein scharfer Verriss von August Wilhelm Schlegel. Darin hieß es: »Die Etymologie ist für beide Herren Grimm eine Klippe, welche sie niemals berühren, ohne zu scheitern«, lästerte er und beklagte, dass man ihre Sagen-Forschungen nicht ernst nehmen könne: »Wenn man die ganze Rumpelkammer wohlmeinender Albernheit ausräumt und für jeden Trödel im Namen der ›uralten Sage‹ Ehrerbietung begehrt, so wird in der Tat gescheiten Leuten zu viel zugemutet.«

Diese Kritik zog weite Kreise. Der Kunstsammler Sulpiz Boisserée fasste sie für Goethe, der den ganzen Aufruhr nicht mitbekommen hatte, in einem Brief zusammen: Schlegel verspotte ihre ganze »Andacht zum Unbedeutenden«. Damit hatte er nicht ganz unrecht: Die Grimms waren die Ersten, die sich als Philologen nicht mit den klassischen Texten, sondern mit Volkspoesie beschäftigten. Und in diesem »Unbedeutenden« fanden sie dann wahre Schätze. (→ Grammatik, Deutsche)

Anfang

Die erste Veröffentlichung, noch vor den »Kinder- und Hausmärchen«, die unter dem Herausgebernamen »Die Brüder Grimm« erschien, war eine Ausgabe des »Hildebrandslied«. Die wertvolle, um 830 entstandene altgermanische Handschrift dieses Heldenlieds wurde in der Kasseler Bibliothek aufbewahrt.

Die Grimms wiesen in ihrer Edition von 1812 erstmals nach, dass das Lied aus Stabreimen besteht. Der Anfang einer großen Karriere – die sich dann unter beider Namen vollzog. (→ Ovationen, → Runen)

Apapa

So wurde Jacob von seinen Neffen und Nichten und bald auch von den Erwachsenen und engen Freunden genannt. Apapa? Vielleicht eine Form von »Auch-Papa« in der Sprache der Kinder? Denn wie er einmal einem Bewunderer seiner Werke, der sich nach seinem Privatleben erkundigt hatte, schrieb: Wilhelms Kinder Herman, Rudolf und Auguste sahen ihn gleichfalls als ihren Vater an. Und auch Jacob war ganz vernarrt in die Kleinen.

Leicht wird das Zusammenleben mit dem arbeitswütigen Gelehrten allerdings nicht gewesen sein. Herman, der Älteste, erinnerte sich vor allem an die gelehrsame Stille im Berliner Haus: »Nur das Kritzen der Feder war zu hören, oder bei Jacob manchmal ein Hüsteln. Er beugte sich beim Schreiben dicht auf das Papier, an seinen Federn war die Fahne tief herunter abgeknapst, und er schrieb rasch und eifrig; mein Vater ließ die lange Gänsefeder bis zur Spitze unvermindert stehen und schrieb bedächtiger. Die Züge des einen wie des anderen waren immer in leiser Bewegung. Die Brauen hoben oder senkten sich, zuweilen blickten sie in die leere Luft. Manchmal standen sie auf, nahmen ein Buch heraus, schlugen es auf und blätterten darin. Ich hätte es nicht für möglich gehalten, dass jemand es wagte, diese heilige Stille zu durchbrechen.« (→ Heirat, → Junggesellen, → Spitznamen)

Armut

Armut prägte vor allem die ersten Jahre nach dem Tod des Vaters Philipp Wilhelm Grimm 1796, der seiner Frau und den sechs Kindern nicht viel hinterlassen hatte. Als auch die Mutter starb, lag die Last der Verantwortung für die Geschwister allein auf den Schultern des dreiundzwanzigjährigen Jacob.

Er konnte der unfreiwilligen Sparsamkeit jedoch durchaus etwas Positives abgewinnen: »Dürftigkeit spornt zu Fleiß und Arbeit an, bewahrt vor mancher Zerstreuung und flößt einen nicht unedlen Stolz ein, den das Bewusstsein des Selbstverdienstes gegenüber dem, was andern Stand und Reichtum gewährt, aufrecht erhält«, schrieb er über seine Studentenzeit. Allerdings ärgerte es ihn durchaus, dass nicht er, als Vollwaise und Sohn eines braven Amtmanns, ein Stipendium in Marburg erhielt, sondern der reichste seiner Kommilitonen, Graf von Malsdorf junior.

Die Notwendigkeit, so schnell wie möglich Geld zu verdienen, war entsprechend groß. Jacob beendete sein Studium nicht, das ihn ohnehin immer weniger interessierte, sondern nahm eine Anstellung im hessischen Kriegskollegium in Kassel an. Nun wurde die häusliche Situation etwas besser. Gespart werden musste allerdings weiterhin: »Wir essen nur einmal um siebzehn Uhr und frühstücken um zwölf Uhr etwas«, berichtete Wilhelm seiner Tante in dieser Zeit.

Auch auf ihre gerade begonnene Sammlung alter Schriften hatten die pekuniären Schwierigkeiten Auswirkungen. Als Clemens Brentano die Brüder im Oktober 1807 besuchte, war er beeindruckt von den von ihnen innerhalb zweier Jahre angehäuften poetischen Schätzen.

Er berichtete Achim von Arnim: »Ihre Frömmigkeit ist rührend, mit welcher sie sich alle die gedruckten alten Gedichte, die sie aus Armut nicht kaufen konnten, so auch das Heldenbuch und viele Manuskripte, äußerst zierlich abgeschrieben haben.« (→ Autorität, → Geld, → Jura-Studium, → Motto, → Stipendien)

Aufgeteilt

Die Arbeit am Deutschen Wörterbuch teilten sich die Grimms – brüderlich. Zunächst schlug Jacob vor, sich einfach abzuwechseln, er übernehme »A«, Wilhelm solle sich »B« widmen usw. Aber der Jüngere weigerte sich, schon die Materialbeschaffung hatte sie vierzehn Jahre gekostet, jetzt wollte er sich zunächst einem anderen Thema zuwenden. Man kam daher überein, sich bändeweise abzuwechseln. Band 1 mit den Buchstaben A bis C übernahm Jacob, Wilhelm den Buchstaben D.

Wilhelm arbeitete nach Meinung von Jacob zwar »sehr hübsch und gewissenhaft, aber zu gelassen und zu langsam«: »Das D wird nun anders sein als die vorausgegangenen Buchstaben und mancherlei darin wird mir nicht gefallen«, schrieb er an den Verleger Salomon Hirzel. Die Veröffentlichung seiner Ausarbeitungen erlebte Wilhelm nicht mehr – die Grimms hatten sich → Verkalkuliert.

Ausflug

Am 30. Oktober 1843 berichtete Wilhelm seinem Freund Gustav Hugo, er habe mit der »Griechischen Gesellschaft« einen Ausflug nach Potsdam gemacht, um sich dort eine Aufführung des »Sommernachtstraums« anzuschauen. Wie beschwerlich eine solche Reise zur damaligen Zeit sein konnte, wird in dem Brief an den Freund mehr als deutlich: Da die Vorstellung um siebzehn Uhr beginnen sollte, fuhren sie um fünfzehn Uhr mit der Bahn in Berlin los. Als sie in Potsdam ankamen, waren keine Droschken frei, und die Gesellschaft musste den Rest der Strecke – bis zum Neuen Palais – zu Fuß gehen. Schon davon war der körperlich angeschlagene Wilhelm erschöpft.

Die Vorstellung dauerte bis 22.30 Uhr. In dem großen Gedränge danach ergatterten sie wieder keinen der Wagen und mussten also erneut zu Fuß bis zum Bahnhof zurück. Im dunklen Park verirrten die Männer sich, kamen aber mit Glück noch rechtzeitig zur Abfahrt der Eisenbahn. Zeit, etwas zu essen, war seit dem Nachmittag nicht mehr gewesen, das Einzige, was Wilhelm – der Hunger nicht gut ertragen konnte, wie er Hugo gestand – zu sich nahm, war ein trockener Zwieback, den ihm ein freundlicher Mitreisender geschenkt hatte. Erst um drei viertel zwölf sei er zu Hause gewesen, wo das liebe Dortchen noch einmal aufstand und ihrem Ehemann eine Milchsuppe kochte. (→ Gesellschaften, → Heirat, → Wagner)

Aussteuer

Eine Mitgift hätte Dortchen Wild, die Tochter des Apothekers, gar nicht mehr gebraucht, als sie Jahre nach Veröffentlichung der »Kinder- und Hausmärchen« Wilhelm Grimms Ehefrau wurde. Als Freundin der Schwester Lotte verkehrte sie seit Jahren im Haus der Grimms. Sie kannte französische Kunstmärchen und hatte zu der Märchensammlung unter anderem »Der singende Knochen«, »Die Wichtelmänner«, »Die sechs Schwäne«, »Allerleirau«, »Der süße Brei«, »Frau Holle«, »Rumpelstilzchen« und »König Drosselbart« beigetragen. (→ Märchenerzähler, → Marie, Die alte)

Autorität

Schon mit dem Tod des Vaters musste der damals elfjährige Jacob als ältestes der sechs Kinder mehr und mehr Verantwortung übernehmen. Die Rolle des Familienoberhaupts übernahm er endgültig, als auch die Mutter starb.

Diese Stellung wurde von den anderen Grimms anstandslos anerkannt. Auf Jacob, geboren 1785, folgten in jährlichem Abstand Wilhelm, Carl Friedrich und Ferdinand Philipp, 1790 kam Ludwig Emil, der »Malerbruder« zur Welt. Schwester Charlotte, das von den Brüdern abgöttisch geliebte Nesthäkchen, wurde 1793 geboren.

Jacobs Autorität lag wohl nicht nur an seinem Alter, sondern auch, weil er »etwas Herrschendes in seiner Natur hatte«, wie sein Neffe Herman bezeugte: »Dem sich unterzuordnen war nicht immer leicht.« (→ Faul, → Junggesellen, → Lotte, → Malerbruder)

𝔅 *wie Banause*

Ein solcher Hohlkopf muss der höchste Vorgesetzte der Grimms in Kassel, Kurfürst Wilhelm I., gewesen sein. Während die »Märchenbrüder« in Fachkreisen längst als bedeutende Wissenschaftler anerkannt und hofiert wurden – die Universität Marburg hatte die beiden 1819 als Ehrendoktoren ausgezeichnet –, mussten sich die fleißigen und hochqualifizierten Bibliothekare vom Landesherrn kritisieren lassen: Als Jacob Grimm dem Kurfürst bei einer ihrer seltenen Begegnungen mit einigem Stolz ein Exemplar der »Deutschen Grammatik« überreichte, fragte ihn dieser, ob der Gelehrte über solchen Nebengeschäften denn seinen Dienst nicht versäume … (→ Grammatik, Deutsche, → Vaterlandsliebe)

Noch schlimmer wurde es freilich, als Wilhelm II. die Regierungsgeschäfte übernahm. Der Monarch hatte überhaupt keinen Sinn für Kunst und Bildung, und dies gab er den Grimms auch gleich zu spüren. Sie waren die einzigen Staatsdiener, die zu seiner Thronbesteigung keine Gehaltszulage bekamen. Hingegen wollte der Fürst, dass sie in Uniform zum Dienst erschienen – die sie selbst bezahlen mussten.

»Sie sollten sehen, was ich für ein Aussehen zum Lachen habe, wenn ich in dem Zeug erscheine«, schrieb Jacob am 12. Mai 1823 an Karl Lachmann. War ihr höchster Vorgesetzter in der Stadt unterwegs, wechselten die Grimms in eine Nebenstraße, um in dem albernen Aufzug den Kurfürsten nicht auch noch grüßen zu müssen.

Wilhelm II. hielt noch mehr Bosheiten bereit: Er zwang die Brüder, aus dem Torwachtgebäude auszuziehen und empfahl als Ersatz eine Wohnung in der Fünffensterstraße. Dort fanden sie nicht gerade ideale Bedingungen für das Studium alter Handschriften vor: »Im Hintergrund eine neu gebaute Kaserne, wenn nur nicht der Stabstrompeter abends auf seinem Instrument fantasierte! Eine Schmiede unten im Haus gereicht mir eher zum Vorteil. Ich habe schon manchen technischen Ausdruck gelernt«, beschwerte sich Jacob bei seinem Berliner Philologenfreund Lachmann. (→ Demütigung, → Latein, → Patenschaft)

Bequem

Das Sich-Fein-Machen, was in der Regel bedeutete, unbequeme Anzüge zu tragen, hasste Jacob schon seit eh und je. In seinen späteren Jahren war er offenbar der Meinung, dass Aussehen nun wirklich nicht mehr zählte. Er ließ sich gehen und blieb am liebsten den ganzen Tag in seinem Hausrock.

Eine modische Eigenheit leistete er sich allerdings doch: Er trug gerne »bunte Schuhe«, wie die Nachbarin aus der Berliner Lennéstraße, Anna Homeyer, erstaunt bemerkte. (→ Friseur)

Berlin

Liebhaber der preußischen Hauptstadt waren die eingefleischten Hessen vor ihrem Umzug im Jahr 1841 nun wirklich nicht. Jacob Grimm äußerte einmal in einem Brief an einen Jugendfreund, er hätte zwar schon Interesse daran, sich einen Tag lang die Stadt anzusehen und einen Monat das dortige Theater – aber »sonst ist dort wohl nicht viel zu tun, Bibliotheken, Museen, Antiquare sind im Vergleich mit anderen viel kleineren Orten wenig sagend«.

Als er Jahrzehnte später selbst das kulturelle Leben Berlins mitprägte, gelangte er sicherlich zu einer anderen Meinung. (→ Nachbarschaftshilfe, → Quartier Latin, → Umzüge)

1837 bestieg Ernst August, Herzog von Cumberland, den hannoverschen Thron. Kurzerhand erklärte er die Verfassung von 1833 für ungültig, berief sich auf die von 1819 und löste die Ständeversammlung auf. Er wollte alleine regieren, als Ausgleich bot er großzügig Steuererlasse an. Das Land war empört, doch kaum einer wagte es, sich öffentlich gegen diesen Rechtsbruch auszusprechen – bis auf die als »Göttinger Sieben« berühmt gewordenen Professoren.

Neben Jacob und Wilhelm Grimm waren das noch der Literaturhistoriker Georg Gottfried Gervinus, der Historiker Friedrich Christoph Dahlmann, der Physiker Wilhelm Weber, der Staatsrechtler Wilhelm Eduard Albrecht und der Orientalist Heinrich Ewald. Sie erklärten öffentlich, dass sie sich weiterhin dem Eid verpflichtet fühlten, den sie geleistet hätten, und nicht hinnähmen, dass die Verfassung »allein auf dem Wege der Macht« zugrunde gehe.

Bei Hof war man überrascht, man hatte dem »Federvieh in Göttingen solche Courage« nicht zugetraut und griff hart durch: Am 14. Dezember wurden die Sieben ihrer Ämter enthoben, die drei »Anführer«, unter ihnen Jacob Grimm, zudem des Landes verwiesen. Ihnen wurde zur Last gelegt, durch die Verbreitung des Protestschreibens für die sofort einsetzenden Studentenunruhen verantwortlich zu sein. Jacob sagte in seinem Einzelverhör unter Eid aus, er habe vier Tage nach der Einsendung des Protests eine Abschrift an einen Freund geschickt – und zu diesem Zeitpunkt seit der Wortlaut längst schon in verschiedenen Zeitungen veröffentlich gewesen.

Von den Studenten und der Bevölkerung wurden die aufrechten Professoren gefeiert, viele verließen wegen dieses Vorfalls die Göttinger Universität, die einen nachhaltigen Image-Schaden davontrug. Der König nahm den Verlust der sieben Geistesgrößen gelassen hin: »Professoren haben kein Vaterland, Professoren, Tänzerinnen und Huren kann man überall haben, wo man ihnen ein paar Taler mehr bietet.« (→ Comitat, → Kloster, → Rechtfertigungsschrift)

Bescheiden

»Wir haben beide, mein Bruder und ich, den Antrag einer Anstellung bei der neuen Universität Bonn vielfach überlegt. Um mit dem äußern anzufangen, so ist unsere hiesige Besoldung jetzt ziemlich gering. Allein ich gestehe, dass mich dieser ganze Punkt wenig bestimmen könnte, an Geld ist mir, bei gern eingeschränkten Bedürfnissen, eigentlich wenig gelegen.« So weit Jacob über seine Entscheidung, lieber bescheiden als Bibliothekar in der geliebten Heimat Kassel zu bleiben.

Auch den Posten als hessischer Gesandter für den Bundestag in Frankfurt am Main und die Berufung zum Professor der Philosophie in Landshut wollte er nicht annehmen. Tatsächlich lehnte Jacob mehrfach lukrative Arbeitsangebote ab, um beim Bruder und in Kurhessen zu bleiben und sich friedlich seinen Forschungen widmen zu können. (→ Banause, Der nächste, → Vaterlandsliebe)

Biermörder

Der erste, schon damals vom Publikum äußerst erheitert aufgenommene Eintrag im zweiten Band des »DWB« lautet: »Biermörder, m., potator, der das Bier mordet, tilgt, aufzehrt, Garg. 59a, mhd. würde man gesagt haben bierswende, heute bierverderber«.

Wilhelm soll übrigens selbst das ein oder andere Bier gerne »verdorben« haben … (→ Ausflug, → Naschen)

C *wie Calvinistisch*

Die Brüder Grimm waren calvinistisch erzogen und gehörten damit der religiösen Gruppe an, die zu dieser Zeit am meisten verbreitet war. »Lutheraner, die in dem kleinen Landstädtchen mitten unter uns, obgleich in geringerer Zahl, wohnten, pflegte ich wie fremde Menschen, mit denen ich nicht recht vertraut umgehen dürfte, anzusehen, und von Katholiken, die aus dem eine Stunde weit entlegenen Salmünster oft durchreisten, gemeinlich aber schon an ihrer bunten Tracht zu erkennen waren, machte ich mir wohl scheue, seltsame Begriffe. Und noch jetzt ist es mir, als wenn ich nur in einer ganz einfachen, nach reformierter Weise eingerichteten Kirche recht von Grund andächtig sein könnte; so fest hängt sich aller Glaube an die ersten Eindrücke der Kindheit.«

Dieses starre religiöse Verständnis sollte auch so manche Freundschaft nachhaltig belasten – Clemens Brentano zum Beispiel war über die Jahre zum glühenden Verehrer des Katholizismus geworden. Die gegenseitige Sympathie kühlte merklich ab: »Die Proselytenmacherei ist mir bis in den Tod verhasst, sie ist der ärgste Diebstahl, den einer am andern verüben kann«, so Jacobs scharfes Urteil. (→ Fleißig, → Partei, → Rechtfertigungsschrift)

Charakterkopf

Sicher nicht nur auf den neunzehnjährigen Theodor Fontane hat Jacob Grimm bei seinem Auftritt als Wahlmann 1848 in der Frankfurter Paulskirche einen bleibenden Eindruck hinterlassen.

Fontanes spätere Aufzeichnungen zeugen deutlich von dem immensen Respekt, der dem berühmten Gelehrten in seinem letzten Lebensabschnitt allgemein entgegengebracht wurde: »Dann schritt der alte Jacob Grimm auf das Podium zu, der wundervolle Charakterkopf von langem, schneeweißen Haar umleuchtet, und sprach irgendwas von Deutschland, etwas ganz Allgemeines, dass ihm in jeder richtigen politischen Versammlung den Ruf ›Zur Sache‹ eingetragen haben würde. Dieser Ruf unterblieb aber, denn jeder war betroffen und gerührt von dem Augenblick und fühlte, wie weit ab das auch liegen mochte, dass man ihm folgen müsse, wollend oder nicht.« (→ Friseur, → Paulskirche, → Wiener Kongress)

China

Eine Ur-Version des »Aschenputtel« ist im China des 9. Jahrhunderts erstmals aufgeschrieben worden, »Stadtmusikanten«, wenn auch nicht aus Bremen, gab es in Indien schon vor 3000 Jahren, und »Rotkäppchen« wurde 1697 das erste Mal veröffentlicht. Die Grimmsche These zum eigentlichen Ursprung der Märchen klingt selbst wie eines: »Das Märchen dichtet sich selbst und springt als Blüte aus der Tat hervor.« (→ Naturfreunde, → Primel, → Übersetzungen)

Comitat

Eine feierliche Verabschiedung der verbannten drei Professoren (die anderen der »Göttinger Sieben« waren »nur« entlassen worden) hatte der erboste Monarch geschickt zu hintertreiben gewusst: Am Tag ihrer Ausreise aus dem Königreich Hannover war das Verleihen von Reitpferden und Kutschen verboten worden.

Die Studenten, die die charakterfesten Professoren dennoch gebührend feiern wollten, gingen zu Fuß bis an die Landesgrenze nach Witzenhausen. Dort empfingen sie die drei, spannten sich selbst vor deren Kutschen und zogen sie über die Werra.

Im Rathaussaal fand am Abend eine große Feier statt, und Jacob sprach zu den Studenten: »Meine lieben Freunde, Sie fassen noch alle Verhältnisse des Lebens in Reinheit auf; Ihre Herzen sind noch empfänglicher für die Erkenntnisse des Rechten. Bewahren Sie sich dieses Besitztum Ihrer Jugend bis ins späteste Alter, so werden Sie Ihr Leben in Frieden vollenden. Vergessen Sie mich nicht.« (→ Berühmt, → Geld, → Ovationen)

D *wie Definition*

»Das Märchen fliegt – die Sage geht«. So einfach und treffend brachte Jacob den Unterschied der literarischen Gattungen auf den Punkt. Denn während die Sage auf vorgeschichtlichem Boden haftet, entbehrt das Märchen jeglichen örtlichen Halts.

Nach Veröffentlichung der »Kinder- und Hausmärchen« unternahmen die Brüder als Nächstes eine zweibändige Sagensammlung. Diese lag Jacob mehr als die der Märchen. Wie bei den ersten Ausgaben der Volksmärchen bemühten sich die Brüder um »Treue und Wahrheit« bei der Wiedergabe der historischen Vorlagen – und ähnlich wie diese wurden sie dadurch kein Publikumserfolg: Die Texte waren einfach zu trocken.

Nachdem Wilhelm teilweise ohne Jacobs Wissen die Märchen stilistisch vereinheitlicht, die Sammlung ergänzt und Illustrationen beigefügt hatte, begann der Siegeszug der berühmten Kindergeschichten, von denen zu Grimms Lebzeiten sechs Auflagen erschienen. Von den Sagen gab es nur eine einzige. (→ Romantiker, → Übersetzerstreit)

Deklinieren

Mit seiner »Deutschen Grammatik« prägte Jacob Grimm diesen Wissenschaftszweig bis heute maßgeblich: Nicht nur die starke und die schwache Deklination und Konjugation, sondern auch der Ablaut, die Brechung, der Umlaut und der Rückumlaut sind seine »Erfindungen«. 1819, das Jahr, in dem der erste Band der »Deutschen Grammatik« erschien, wird daher als das »Geburtsjahr der deutschen Philologie« bezeichnet. (→ Andacht zum Unbedeutenden, → Ehrendoktoren, → Grimm's law)

Demütigung

1829 verließen die Brüder schweren Herzens ihr Hessen. Lange Jahre hatten sie die Gängeleien ihres obersten Dienstherrn ertragen, weil sie ihre Bücher und ihr Heimatland leidenschaftlich liebten – aber irgendwann war das Maß voll: Nach dem Tod des Leiters der Bibliothek machte sich Jacob nachvollziehbare Hoffnungen, zum Nachfolger ernannt zu werden, schließlich arbeitete er seit fünfzehn Jahren in dieser Institution. Stattdessen wurde ihnen jedoch ein völlig Fachfremder als Chef vor die Nase gesetzt: der Historiograph Rommel, seit kurzem *von* Rommel, hatte von Archiven nun wirklich keine Ahnung. Die Grimms schrieben ihre Kündigung, die postwendend akzeptiert wurde. Enttäuscht folgten sie dem Ruf der Universität Göttingen.

Dass sie in Fachkreisen längst anerkannte Größen waren, wurde dort erst honoriert: Jacob wurde zum ordentlichen Professor der Philosophie berufen, beide wurden als Bibliothekare angestellt, und zwei Jahre später bekam auch Wilhelm eine Professur.

Wilhelm II., dem gar nicht klar war, welch wichtige Persönlichkeiten er da verloren hatte, soll die Kündigung der beiden Grimms höhnisch kommentiert haben: »Die Herren Grimm gehen weg! Großer Verlust! Sie haben nie etwas für mich getan.« (→ Banause, Der nächste, → Patenschaft, → Stipendien)

Deutsch-Deutsch

Die Fertigstellung des »Grimm«, des »Deutschen Wörterbuchs«, übernahmen nach dem Zweiten Weltkrieg Arbeitsstellen in Ost (Ostberlin) und West (Göttingen). Acht der zu diesem Zeitpunkt noch ausstehenden Bände wurden in der DDR, drei in der BRD zusammengestellt. Durch die Grimmsche Abneigung gegen Fremdwörter einerseits und die jahrhundertelange Entstehungsgeschichte andererseits ist zu erklären, warum es keinen Eintrag zur »Demokratie«, wohl aber einen zum »Sozialismus« gibt.

Zu diesem deutsch-deutschen Gemeinschaftsprojekt passt ein Spruch aus Jacobs Vorrede: »Was haben wir denn gemeinsames, als unsere Sprache und Literatur?« (→ Fremdwort, → Verkalkuliert, → Buchstabe X)

E *wie Ehrendoktoren*

Im Jahr 1819 ernannte die Universität Marburg Jacob und Wilhelm Grimm zu Ehrendoktoren der Philosophischen Fakultät. Dies war eine wichtige Bestätigung für sie, steckten sie doch ihren gesamten Ehrgeiz in philologische Studien. Studiert hatten die beiden auf Wunsch ihres früh verstorbenen Vaters ein ganz anderes Fach, die Juristerei.

Jacob wurde außerdem noch von den Universitäten Berlin und Breslau zum Ehrendoktor ernannt, später wurden die Brüder ordentliche Professoren und Mitglieder der Preußischen Akademie der Wissenschaften. Nicht schlecht für Autodidakten! (→ Jura-Studium, → Vergleich, Unpassender)

Eigentum

Ein eiGenes Exlibris hatten die Grimms Zeit ihres Lebens nicht, sie kennzeichneten ihre BücheR jedoch zumindest als junge Leute auf ganz eigene WeIse: Durch Anagramme zuM Beispiel oder durch Anstreichen und Hervorheben der Buchstaben, die den NaMen Grimm ergaben.

Wenn man auf einen Blick erkennen wollte, ob man ein Buch vor sich sah, das Jacob Grimm geschrieben hatte, musste man nur nach Klein- und Großschreibung suchen. Auf die verzichtete er nämlich: alle Wörter (mit Ausnahme von Eigennamen) schrieb er klein. (→ Rot)

Erholung

Was Jacob unter »Erholung« versteht, mag irritieren, aber tatsächlich hat er die rund tausendseitige Studie zu den »Deutschen Rechtsaltertümern«, die 1828 erschien, nur deshalb unternommen, um sich von seinen Grammatik-Forschungen auszuruhen. Er sammelte hierfür Informationen zum Rechtsbrauchtum, zu Sitten, Glauben, Lebensweise und Sprache der Germanen und der Alten Deutschen.

In den alten Weisheiten sah er Poesie und Recht wundervoll verbunden. Wollte einer etwa wissen, wie es rechtlich mit verwildertem Gelände stand, konnte er nachlesen: »Gehet der Busch dem Reiter an die Sporen, so hat der Bauer sein Recht verloren.« In der Beschäftigung mit diesen Sprüchen konnte Jacob sich »von der langen grammatischen Arbeit an einer andern, sie nicht bloß obenher abschüttelnden erholen«. (→ Fleißig, → Grammatik, Deutsche)

𝔉 *wie Fackelzüge*

Wilhelm Grimm war bei seinen Berliner Studenten so beliebt, dass diese an seinen Geburtstagen mit brennenden Fackeln und selbst komponierten Liedern vor dem Haus des Professors aufwarteten, um ihn zu feiern.

Im Februar 1842, vor Wilhelms sechsundfünfzigstem Geburtstag, wurde dieser Zug sogar von der Polizei verboten, weil die Massen drohten, außer Kontrolle zu geraten. Einige seiner Schüler waren außerdem immer wieder auch als Gäste im Haushalt der Grimms willkommen, genau wie Jacob und er damals im Hause ihres Jura-Professors Savigny.

Während der Unruhen 1848 ließ sich Wilhelm nach einer Vorlesung von Studenten nach Hause begleiten, weil ihm die Straßenkämpfe zwischen den Aufständischen und den 2500 Soldaten, die der König hatte aufmarschieren lassen, Angst machten. (→Jura-Studium, →Paulskirche, →Querelen)

Faul

»Die Lotte und den Ferdinand betreffend, habe ich die Überzeugung, dass es in unserem Haus nicht gut steht, wie es sollte, als bis sie heraus sind. Sie tun nichts Böses, aber auch nichts Gutes, wenigstens nicht gegen uns andere und erliegen unbeschreiblicher Faulheit.«

Diese Feststellung musste Jacob als Familienoberhaupt treffen, und sie gefiel ihm gar nicht. Der Taugenichts Ferdinand geriet mit seinen fleißigen Brüdern immer wieder aneinander und sollte Jacob Zeit seines Lebens auf der Tasche liegen.

War das vielleicht eine versteckte Rebellion gegen die Übermacht der begabten und hofierten Geschwister? Schon in seinem Abschlusszeugnis vom Lyzeum, demselben, auf dem Jacob und Wilhelm ihre ausgezeichneten Abschlüsse gemacht hatten, stand, Ferdinand habe »wenig Talent«, sei »unachtsam« und »nicht fleißig genug«. (→ Lotte, → Sagen)

Fleißig

Bereits als Schüler fielen die Grimms wegen ihrer besonderen Geistesgaben und ihres Lerneifers den Lehrern auf. Im Abschlusszeugnis des Kasseler Lyzeums 1802 heißt es zu Jacob Grimm: »Das Lob herrlicher Geistesgaben und eines unaufhaltsamen Fleißes verdient der edle Jüngling Jacob Grimm. Er befleißigte sich so eifrig der schönen Künste und der Wissenschaften nach dem Unterricht, dass er nicht nur seine natürlichen Geistesvorzüge und Talente bewies, sondern auch seinen Eifer und eine lobenswerte Begierde ihn zu nähren und durch eigene Sorgfalt zu vervollkommnen und auszubilden.«

Der jüngere Wilhelm war häufig krank und daher etwas benachteiligt, brachte aber dennoch ein ebenso gutes Zeugnis wie sein Bruder nach Hause: »Mit vorzüglichen Talenten von der Natur begabt, gab sein Fleiß und sein sittliches Betragen seinen Mitschülern ein Muster. Er machte daher in den Wissenschaften vortreffliche Fortschritte und erregte bei allen, die seine Talente beurteilen konnten, die Hoffnung, er werde einst unter den Gelehrten mit Ruhm einen Platz behaupten.« (→ Erholung, → Ulk)

Frauenfeind

Mit Frauen konnte Jacob ganz offenbar nicht viel anfangen, bei Wilhelm lag die Sache anders. Ob die einander versprochene Lebensgemeinschaft der Brüder der Grund dafür war, dass er sich erst so spät traute, den Bund der Ehe einzugehen?

Seiner offenbar über rein freundschaftliche Gefühle hinausgehenden Verbindung mit Jenny von Droste-Hülshoff, mit der er sich mehrfach zum »Märchen erzählen« traf, war jedenfalls kein glückliches Los beschieden. Jenny hätte vielleicht auch Schwierigkeiten gehabt, sich dem autoritären Familienoberhaupt Jacob unterzuordnen.

Dorothea Wild, die Wilhelm im Alter von fast vierzig schließlich heiratete, passte sicherlich besser in das Grimmsche Haus: »Ein uns allen angenehmes, willkommenes und redliches Mädchen«, kommentierte Jacob etwas gönnerhaft gegenüber seinem Freund und Kollegen Karl Lachmann.

Dortchen hatte sich lange Jahre um die Kinder ihrer verstorbenen Schwester gekümmert, bevor sie fortan rührig den Grimmschen Haushalt führte. Der umfasste nicht nur die drei eigenen Kinder, sondern immer wieder auch die anderen Brüder Grimm.

Jacob, der zeitlebens unverheiratet blieb, erklärte einmal gegenüber einem indiskreten Verehrer seiner Werke, der sich nach seinem Privatleben erkundigte: »Sie urteilen ganz recht, dass ich unverheiratet lebe, ich bin aber nicht ungeliebt, und meines Bruders Kinder sehen mich wie ihren anderen Vater an.« (→ Autorität, → Heirat, → Junggesellen)

Freiheit

Vor der Nationalversammlung in der Frankfurter Paulskirche beantragte Jacob Grimm eine Änderung in der Formulierung vom Artikel 1 der Grundrechte. Sein Vorschlag: »Das deutsche Volk ist ein Volk von Freien, und deutscher Boden duldet keine Knechtschaft. Fremde Unfreie, die auf ihm verweilen, macht er frei.«

Jacobs Ansinnen zielte, indem es allen Deutschen die gleichen Freiheitsrechte sichern sollte, im materiellen Sinne auf dasselbe, worauf auch die philologische Arbeit der Brüder Grimm hinauslaufen sollte: die Einheit der deutschen Nation.

Jedoch: Der Antrag wurde mit 192 zu 205 Stimmen abgelehnt. (→ Paulskirche, → Revolution)

Fremdsprachen

In der Grimmschen Bibliothek finden sich Bibeln in zweiundzwanzig Sprachen, darunter zum Beispiel Finnisch, Friesisch, Gälisch, Hebräisch, Koptisch, Lappisch, Lettisch, Litauisch, Polnisch und Ungarisch. Dies bedeutete jedoch nicht, dass die Brüder besonders religiös waren und sich in all diesen Sprachen theologisch schulten. Vielmehr dienten die Ausgaben als nützliche Quelle für Sprachvergleiche und Übersetzungen.

Jacob, der sage und schreibe fünfzehn Fremdsprachen gelernt hatte, konnte sich mit diesem Wissen auch in den abseitigsten Sprachen zumindest orientieren. (→ Teufel)

Fremdwort

Welche Wörter in ihr »Deutsches Wörterbuch« aufgenommen wurden, bestimmten die Grimms ganz allein – und Fremdwörter mochten sie nicht besonders. Auf der Germanistenversammlung im Jahr 1846 fand Wilhelm in seiner Rede zu diesem Thema deutliche Worte: »Gefährlich im höchsten Grade ist der Missbrauch, der in unserer Zeit alles Maß übersteigt: Ich kann mich nicht stark genug dagegen ausdrücken. Alle Tore sperrt man auf, um die ausländischen Geschöpfe herdenweise einzutreiben. Das Korn unserer edlen Sprache liegt in Spreu und Wust: Wer die Schaufel hätte, um es über die Tenne zu werfen!«

Nicht im Wörterbuch findet man aus diesem Grund eine ganze Reihe von Wörtern, die auch damals schon fleißig benutzt wurden, zum Beispiel absolut, abstrakt, abstrus, Affäre, Affekt, Akkord, aktiv, aktuell oder Alkohol.

Einige Fremdwörter wurden zwar aufgenommen, aber auch gleich kommentiert. Zu »Armee« heißt es zum Beispiel: »ein mit dem Feind überall vorgedrungenes völlig entbehrliches Wort, das unsere Sprache längst mit Heer und Haufen hätte zurückschlagen sollen.« Ähnliches gilt für »Arie« – man habe schließlich schon das Wort »Weise« für solche Lieder. (→ Frucht, → Deutsch-Deutsch, → Yankee)

Freundschaften

Die fast unüberschaubar große Menge von Briefwechseln, die die Brüder hinterlassen haben, zeugen für die vielen engen Freundschaften, die die beiden über die Jahre pflegten. Die Verbindung zwischen Achim von Arnim und Wilhelm Grimm war auch eine solch intensive. Sie standen sich so nahe, dass Wilhelm in Kassel alles stehen und liegen ließ, als der Freund nach einer überstandenen Krankheit nach ihm verlangte.

Seine Frau Bettine gab die ersten Wünsche des Genesenden: »Wie schön wär's, wenn ich nun einen lieben Freund wie Wilhelm um mich haben könnte«, an Wilhelm weiter und setzte hinzu: »So hab ich Euch dies geschrieben, ob einer oder zwei seine Wünsche erfüllen könnten. Ihr seid alle so gut und treu und Arnim hat eine so schöne Liebe zu Euch, dass ich mir dies recht als möglich denke, auch seid ihr die Einzigen, nach denen er einen Wunsch geäußert.«

Wilhelm reist umgehend nach Wiepersdorf. Nach dem Tod des Freundes übernahm er auf dessen letzten Wunsch hin die Herausgabe der Gesamtwerke von Arnims. (→ Kränklich, → Kur, → Romantiker)

Frevel

Die umfangreiche Bibliothek der Grimms, in der neben Schriften zur Sprach- und Literaturwissenschaft auch Werke zu Geschichte, Recht, Religion und Volkskunde, Kunst, Naturwissenschaft und Medizin vertreten waren, wurde nach dem Tod der Brüder an die Berliner Universitätsbibliothek verkauft und dort in der Ausleihe benutzt.

Bis in die siebziger Jahre des 20. Jahrhunderts stempelten die Bibliothekare die Ausleihdaten in die Innenseite der Buchdeckel – genau dorthin, wo die Grimms, ihrer Lesegewohnheit nach, ihre Notizen zu machen pflegten! Heute wird der Bestand aufwendig restauriert und ist im Sondersammelbereich einsehbar. (→ Rot)

Friseur

Viele Zeitgenossen sprachen in den höchsten Tönen von der Lockenpracht Jacobs. Offenbar lag der beeindruckende Haarwuchs aber nicht an der übermäßigen Pflege und Aufmerksamkeit, die Jacob seinem Äußeren zuteil werden ließ – ganz im Gegenteil: Jede Ablenkung von der Arbeit war ihm lästig, und erst recht empfand er den Friseurbesuch als reine Zeit-Räuberei.

Ludwig Sigismund Ruhl, ein Freund der Familie, berichtet in seinen Erinnerungen über die Brüder Grimm: »Bei jemand, der so unverwandt seine Lebensaufgabe im Auge behält, war solches Ökonomisieren selbst mit Stunden eine Notwendigkeit. Er widerstrebte daher auch allem, was ihn seiner Meinung nach nur unnötig aufhielt, ließ sich das Haar nicht eher schneiden, als bis ihm die Locken über den Rockkragen herabhingen, doch dann aber ganz befremdend kurz, um nur auf lange Zeit verschont zu sein.« (→ Bequem, → Charakterkopf, → Fleißig)

Frucht

Fast bis zu seinem letzten Stündlein arbeitete Jacob Grimm an der Ausarbeitung des Buchstabens »F« für das »Deutsche Wörterbuch«. Der Eintrag »Frucht« sollte sein letzter werden, er starb am 20. September 1863.

In dem Nachschlagewerk steht an dieser Stelle die einzige Fußnote des gesamten Konvoluts, es heißt schlicht und ergreifend: »Mit diesem Worte sollte Jacob Grimm seine Feder von dem Werke leider für immer niederlegen.« (→ Aufgeteilt, → Verkalkuliert, → Buchstabe X)

Frust

Die Zeit in Göttingen war für die eingefleischten Hessen zunächst nicht einfach. »Ich verlasse Hessen und Kassel, wo ich die längste Zeit meines Lebens werde zugebracht haben mit bitterem Schmerze, und die Annehmlichkeit daran wird wohl nicht erlöschen. Mutter, Kind und eine Tante, die ich wie eine Mutter geliebt habe, liegen hier nahe nebeneinander begraben. Es kann uns kein Mangel an Vaterlandsliebe vorgeworfen werden, es war eine Pflicht, den Auftrag nicht auszuschlagen, den wir nicht herbeigeführt haben«, beschrieb Wilhelm seine Gefühle.

Auch die Arbeit an der Universität und in der Bibliothek selbst machte ihnen zu schaffen. Aus dem Elfenbeinturm, in den sie sich bisher zurückziehen konnten, um zu forschen, mussten sie hinaus ins wahre Leben und in den manchmal aufreibenden Austausch mit anderen Professoren und den Studenten. Und in der Bibliothek, die auch für die Studierenden geöffnet war (nicht selbstverständlich!), mussten sie sehr viel mehr Stunden zubringen, als ihnen lieb war.

Der als so fleißig und emsig bekannte Jacob gestand, dass ihm die Arbeit vorkomme wie »ein beständig umlaufendes Rad, in welches ich täglich sechs volle Stunden treten muss. Während dieser Zeit beständige, langweilige und unendliche Beschäftigung, ohne einen Funken innere Freude daran«. (→ Demütigung, → Vaterlandsliebe)

𝔊 *wie Geld*

Nach einer Kindheit und Jugend in Armut brachten auch ihre verschiedenen Anstellungen den Brüdern Grimm nicht viel Geld ein, zumal Jacob und Wilhelm immer wieder auch ihre Geschwister Ferdinand und Carl unterstützen mussten. Als sie aus ihrem Professorenamt in Göttingen entlassen wurden, waren sie gar auf Spenden angewiesen.

Bettine von Arnim, die sich in Berlin bemühte, die berühmten Gelehrten in die preußische Hauptstadt zu holen, trieb auch der Ehrgeiz, den Freunden endlich einmal ein ausreichendes Auskommen zu sichern. Die ursprünglich geplante Dotierung von zweitausend Talern kam ihr zu wenig vor, und tatsächlich erreichte sie, dass die Akademie der Wissenschaften das Gehalt der Grimms noch einmal um weitere tausend Taler anhob.

Bettine argumentierte gegenüber Alexander von Humboldt: Die in Kassel verwurzelten Grimms würden schließlich auch ihr soziales Gefüge verlassen. In der Heimat, wo ihnen der »gute Wille der Mitbürger« vieles erleichtere, hätten sie weder beim Arzt noch für den Unterricht der Kinder bezahlen müssen, kein Kaufmann habe an ihnen verdienen wollen – aber all diese Freundschaftsdienste würden ja nun im fremden Berlin wegfallen. Die von ihr durchgesetzte Summe war nun so groß, dass die Grimms sich eine Wohnung im feineren Viertel am Tiergarten leisten konnten. Die Lage der Brüder bezeichnete Jacob als »endlich einmal gut«. (→ Armut, → Freundschaften, → Quartier Latin, → Spenden II)

Germanistenversammlung

Häufig werden die Brüder Grimm als »Begründer der modernen Germanistik« bezeichnet. Ein wichtiges Ereignis ist in diesem Zusammenhang die Germanistenversammlung von 1846: Auf Vorschlag des Freundes Ludwig Uhland wurde Jacob Grimm zum Vorsitzenden dieser Vereinigung gewählt. Hier definierte er in seiner Rede: »Über den Namen der Germanisten« überhaupt erst einmal, wer ein Germanist ist. Seiner Meinung nach zählten dazu auch Philologen und Historiker, die sich mit der deutschen Sprache beschäftigten.

Wilhelms Vortrag auf der Tagung handelte von den Plänen zum »Deutschen Wörterbuch«, und er nutzte die illustre Runde, um Mitstreiter zum Exzerpieren zu werben. Ein Dutzend Professoren unterschiedlicher

Fachrichtungen und etliche Philologen beteiligten sich daraufhin. (→ Fremdwort, → Verkalkuliert)

Geschwister

Seine »Rede auf Wilhelm Grimm«, die Jacob ein halbes Jahr nach dem Tod des Bruders vor der Akademie hielt, ist eine der ergreifendsten überhaupt. Hier beschrieb er den Wert und die Besonderheit der Beziehung unter Geschwistern: »Eltern und Kinder leben nur ein halbes Leben miteinander, Geschwister ein ganzes. Der Sohn hat seines Vaters Kindheit und Jugend nie gesehen, der Vater nicht mehr seinen Sohn als reifen Mann und Greis erlebt. Eltern und Kinder sind sich also nicht volle Zeitgenossen, das Leben der Eltern versinkt vorne in die Vergangenheit, das der Kinder steht hinten in die Zukunft, aber Geschwister, wenn ihr Lebensfaden nicht zu früh abgeschnitten wurde, haben zusammen als Kinder gespielt, gehandelt als Männer und nebeneinander gesessen bis ins hohe Alter.« (→ Junggesellen, → Liebe, → Rausschmiss, → Tod)

Gesellschaften

Ausgehen und Konversation führen war eigentlich ihre Sache nicht: In Berlin waren Jacob und Wilhelm Grimm dennoch zumindest offiziell Mitglieder in zwei exklusiven Gesellschaften: Bei den »Gesetzlosen« und bei den »Griechischen«. In diese Kreise wurden die Berlin-Neulinge von Karl Lachmann eingeführt. Jacob, der zuerst in die preußische Hauptstadt kam, um für die Familie eine Wohnung zu suchen, hatte auch als Erster das zweifelhafte Vergnügen, einen Abend mit der Creme de la Creme zu verbringen. Er hielt diese Menschen, wie er Wilhelm umgehend mitteilte, für »nicht sehr interessant«. (→ Ausflug, → Banause, Der nächste, → Taubenschlag)

Glück

Bei dem derart symbiotischen Verhältnis der Brüder Grimm liegt die Vermutung nahe, die Eheschließung Wilhelms mit Dortchen Wild sei eher praktischen Gründen als wahrer Leidenschaft geschuldet gewesen. Nachdem Lotte, die Schwester, 1822 heiratete und eine eigene Familie gründete, wurde eine Frau im Hause dringend gebraucht.

Dass die Verbindung zwischen Wilhelm und der Freundin Lottes aber wahrhaftig eine glückliche war, davon zeugt ein Brief Wilhelms an Achim von Arnim vom 4. November 1825: »Ich fühle mich in meinem Verhältnis glücklich, glücklicher, als ich dachte. Glaubst Du wohl, dass ich, nahe an die vierzig, im Ernste glaube, es könnte nicht leicht jemand auf der Welt so liebreich, natürlich, heiter und bescheiden sein, als meine Frau ist? Sie ist durch mancherlei Geschicke geläutert worden und hat noch neulich, nicht ohne Bewegung gesagt, dass sie ihr Lebtag nicht so glücklich gewesen sei als jetzt.« (→ Frauenfeind, → Heirat, → Junggesellen)

Goethe

Wilhelm war sicherlich der größere Goethe-Verehrer von beiden Grimms – er hatte den Dichter auch persönlich kennengelernt. Nach seiner mehrmonatigen Kur in Halle 1809 machte er auf der Rückreise nach Kassel in Weimar Station und sprach, nachdem Achim von Arnim den Kontakt vermittelt hatte, bei Goethes am Frauenplan vor.

»Jemand, den wir früher oft und genau in mannigfachen Bildern gesehen, ist uns nicht fremd und überrascht uns doch; in der Wirklichkeit liegt noch eine Macht, von der die Kunst nichts weiß«, schwärmte er später. Er erzählte ihm auch von den Plänen, eine »teutsche poetische Geschichte« zu schreiben.

Goethe ließ sich begeistern und half den Brüdern Grimm künftig bei der Beschaffung von seltenen Handschriften. Mutig geworden, bat Wilhelm ihn, doch das Vorwort zu seinem ersten Buch, die »Altdänischen Heldenlieder«, zu schreiben, und war schwer enttäuscht, als der Dichterfürst ihm den Gefallen nicht tat.

Seiner glühenden Verehrung tat dies aber keinen Abbruch, und die Goethe-Büste von dem Bildhauer Karl Gottlob Weißer bekam in seinen Arbeitszimmern allezeit einen Ehrenplatz. (→ Hilfestellung, → Schreibtisch)

Grammatik, Deutsche

Die Kasseler Bibliothek hatte täglich nur drei Stunden geöffnet, Zeit genug also, sich intensiv mit anderem zu beschäftigen. Die dreizehn Jahre, die die beiden Brüder dort gemeinsam arbeiteten, bezeichnete Jacob Grimm in seiner »Selbstbiographie«, die er wie Wilhelm auf Anfrage für eine hessische »Gelehrten-Geschichte« schrieb, dann auch als »die ruhigste, arbeitsamste und vielleicht auch die fruchtbarste Zeit« seines Lebens.

In dieser Zeit entstand unter anderem die »Deutsche Grammatik«, die insgesamt vier Bände umfassen sollte. Dieses Werk verdankt sein Entstehen gewissermaßen gekränkter Eitelkeit seitens Jacobs: Er hatte sich die verletzende Kritik Schlegels am ersten Band der »Altdeutschen Wälder«, in allem nur »Sage« zu sehen, zu Herzen genommen. Gemäß der Forderung des Philologie-Professors, eine wissenschaftliche Untersuchung der deutschen Sprachgesetze und eine philologisch-historische Beurteilung und Interpretation der vorgestellten Texte durchzuführen, begann er, sich mit Grammatik zu beschäftigen. Dazu zog er nicht nur die deutsche, sondern alle germanischen Sprachen heran, zu dem Zweck, die Verwandtschaft der Sprachstämme aufzuzeigen.

Schlegel war begeistert. Als der erste Teil erschien, schrieb er an Wilhelm von Humboldt: »Ich schätze dieses Buch so hoch wegen der rein historischen

Behandlung und des unendlichen Fleißes im Einzelnen bei einer durchgeführten Idee im Ganzen.« Na bitte! (→ Andacht zum Unbedeutenden, → Grammatik, Deutsche, → Qual)

Grimm's law

Nach dem Erscheinen der »Deutschen Grammatik«, in der Jacob Grimm die Gesetze der germanischen und deutschen Lautverschiebung dargelegt hatte, benannte man in Großbritannien diese grammatische Regel nach ihm: Grimm's law. Die Freundschaft mit dem dänischen Sprachforscher Rasmus Kristian Rask wurde dadurch vorübergehend getrübt, da sich der Däne selbst als Entdecker der Lautverschiebung verstand. (→ Andacht zum Unbedeutenden, → Deklinieren, → Grammatik, Deutsche)

H *wie Heirat*

Die Männerwirtschaft der Grimmschen Brüder wurde schon zu deren Lebzeiten aufmerksam beobachtet und von dem einen oder anderen belächelt. 1853 erschien sogar ein Lustspiel, das sich dieses Themas annahm: Unter dem Pseudonym Alexander Wilhelmi schrieb Alexander Victor Zechmeister das Stück »Einer muss heiraten«.

Darin verlangt die Tante der Bücherwürmer Jacob und Wilhelm, dass einer heiraten müsse, damit sie jemand im Haushalt unterstütze. Andernfalls würde sie alles hinschmeißen. Die Brüder losen, und Jacob verliert – am Ende nimmt ihm Wilhelm aber diese »schwere Bürde« ab und ehelicht eine junge Dame, die ihnen fortan das Essen kocht.

Tatsächlich hatte Wilhelm erst 1825, im Alter von neununddreißig Jahren, die neunundzwanzigjährige Dorothea »Dortchen« Wild geheiratet. Jacob heiratete nie, auch sind von ihm keine Affären oder Liebschaften bekannt.

Dem Plan der Verwandtschaft, er solle eine entfernte Kusine mit dem sprechenden Namen Luise Bratfisch zur Frau zu nehmen, erteilte er eine klare Absage. Er wohnte Zeit seines Lebens mit Wilhelm, Dortchen und den Kindern unter einem Dach. (→ Aussteuer, → Frauenfeind, → Glück, → Junggesellen, → Zweisamkeit)

Hessisch

Wie auch der von ihnen hoch verehrte Goethe sprachen die Grimms mit dem unverkennbaren hessischen Dialekt.

Bei den Lesekränzchen, die »alle Freitage, wo man sich Nägel und Haar schneidet«, sowohl in Kassel als auch später in Göttingen und Berlin abgehalten wurden, war Wilhelms Vortrag aus Christian Reuters Roman »Schelmuffsky«, den er in breitester Mundart vortrug, besonders beliebt. (→ Germanistenversammlung, → Runen)

Hilfestellung

Wilhelm musste sich wegen seiner angeschlagenen Gesundheit Zeit seines Lebens schonen. Aufgrund seiner Herz- und Lungenbeschwerden unterzog er sich 1809 in Halle bei dem berühmten Arzt Prof. Reil einer ersten Kur. Da Wilhelms Zustand derart anormal sei, hatte Reil aber keine Idee, was ihm helfen könnte.

Seine dürftige Diagnose hielt den vielbeschäftigten Arzt allerdings nicht davon ab, seinerseits die Dienste des gelehrten jungen Mannes in Anspruch zu nehmen, wie Wilhelm sich erinnerte: »Er bat mich späterhin, einige ältere französische Abhandlungen über Herzkrankheiten nachzulesen, da ihm seine vielfachen Geschäfte und die Untersuchungen über das menschliche Gehirn, welche er eben vorhatte, dies selbst zu tun nicht erlaubten. Er sandte mir wirklich Bücher, und ich habe ihm darauf referiert, kann aber doch solches Studium nicht empfehlen.«

Nach der Kur ging es Wilhelm besser, das »Einreiben mit starker Essenz, Eisen- und Solbäder« und das »Elektrisieren« zeigten zunächst Erfolge. (→ Kränklich, → Nachbarschaftshilfe, → Primel, → Widmungen)

ℑ *wie Illustrationen*

Der erste Band der bis dahin gesammelten Volksmärchen, der am 20. Dezember 1812 in einer Auflage von neunhundert Exemplaren im Berliner Verlag von

Georg Andreas Reimer erschien, verkaufte sich nur schleppend. Noch dürftiger war der Absatz des zweiten Bandes 1815. Freund Achim von Arnim wollte den Grund dafür wissen: Es fehlten Illustrationen!

Dieser Mangel wurde für die zweite Auflage beider Bände 1819 behoben. Der »Malerbruder« fertigte zunächst einen Kupferstich der »Viehmännin«, einer der Zuträgerinnen der Märchen, an und eine Radierung zu »Brüderchen und Schwesterchen«. In der »Kleinen Ausgabe« von 1825 wurden dann noch weitere Märchen illustriert – und der Erfolg war da!

Auch dermaßen berühmte Künstler wie Moritz von Schwind, Paul Meyerheim, Leopold von Kalckreuth, Max Slevogt und Werner Klemke illustrierten die Sammlung. Neben der Bibel gehören die »Kinder- und Hausmärchen« wohl zu den am meisten verbreiteten Büchern der Welt – »Grimms Märchen« sind das bekannteste Werk der deutschen Sprache. (→ Märchenerzähler, → Stil, → Titelkupfer, → Übersetzungen, → Viehmännin)

Initialzündung

Dass die Brüder Grimm nicht, wie vorgesehen, eine juristische Laufbahn einschlugen, sondern sich unschätzbar um die deutsche Sprach- und Literaturwissenschaft verdient machten, nahm ironischerweise in der Bekanntschaft mit ihrem Marburger Rechts-Professor seinen Anfang. Friedrich Carl von Savigny stellte mit seiner reichen Bibliothek den ersten Kontakt mit den alten deutschen Schriften her. Vielleicht trug auch die Begegnung mit dem Schriftsteller Clemens Brentano – im Hause des Lehrers – dazu bei, denn Professor Savigny war mit Kunigunde Brentano verheiratet.

Brentano selbst zumindest rechnete sein Verdienst hoch an – er schrieb an Achim von Arnim am 19. Oktober 1807: »Ich habe hier zwei sehr liebe altdeutsche vertraute Freunde, Grimm genannt, welche ich früher für die alte Poesie interessiert hatte und die ich nun nach zwei Jahren langem, fleißigem, sehr konsequentem Studium so gelehrt und reich an Notizen, Erfahrungen und den vielseitigsten Ansichten der ganzen romantischen Poesie wiedergefunden habe, dass ich bei ihrer Bescheidenheit über den Schatz, den sie besitzen, erschrocken bin.« (→ Jura-Studium, → Proben, → Übersetzerstreit)

Irrtum

Der einzige, wirklich große Irrtum, der Wilhelm Grimm bei seiner philologischen Arbeit unterlief, betrifft die Sprüchesammlung »Freidanks Bescheidenheit«, die er 1834 in Göttingen herausgab. Er glaubte fest daran, dass Freidank mit Walther von der Vogelweide identisch sei. (→ Runen)

J wie *Jacöbchen*

Das erste Kind Wilhelms und Dortchens, ein Sohn, wurde auf den Namen »Jacob« getauft. Es starb schon im ersten Lebensjahr. Der Onkel und Namensgeber soll tagelang am Sterbebett des Kleinen gesessen und jeden Atemzug verfolgt haben. Ein Spielzeug Jacöbchens stand bis zu Jacobs Tod auf seinem Schreibtisch. (→ Apapa, → Schreibtisch, → Verzogen)

Jugendzeit, Briefwechsel aus der

Die Briefwechsel der Brüder sind in allen Lebensabschnitten interessant und aufschlussreich – so emotional und schwärmerisch wie in der Jugend schrieben sie sich später allerdings nicht mehr. Die Abmachung, sich »einmal nie trennen« zu wollen, so Jacob, entstand in dieser Zeit, als er gerade in Paris war – der erste längere Abschied also.

Auch Wilhelms Zeilen an den Älteren zeugen von einem übervollen Herzen: »Von den ersten Tagen (seit Deiner Abreise) weiß ich Dir nichts zu sagen, als dass ich sehr traurig war, und noch jetzt bin ich wehmütig und möchte weinen, wenn ich daran denke, dass Du fort bist. Wie Du weggingst, da glaubte ich, es würde mein Herz zerreißen, ich konnte es nicht ausstehen, gewiss, Du weißt nicht, wie lieb ich Dich habe. Wenn ich abends allein war, meinte ich, müsstest Du aus jeder Ecke hervorkommen.« (→ Zweisamkeit)

Junggesellen

Nicht nur Jacob blieb sein Leben lang Junggeselle, auch seine Brüder Carl und Ferdinand heirateten nie. Einsam waren sie trotzdem nicht, war doch stets für jeden ein Plätzchen bei den verheirateten Geschwistern Wilhelm und Ludwig Emil reserviert.

Dass es in der Großfamilie häufiger krachte, kann man sich vorstellen. Ferdinand war bekanntermaßen das schwarze Schaf der Familie, aber auch Carl muss ein schwieriger Charakter gewesen sein. Er hatte einen kaufmännischen Beruf gelernt, für den er aber kein gutes Händchen hatte. 1818 kehrte er mittellos zum Rest der Familie zurück und blieb drei Jahre, bis er es noch einmal auf eigenen Füßen versuchte.

Wilhelm schrieb an den Freund Achim von Arnim: »Obgleich wir dadurch von einer großen Last befreit sind, denn einen so unbeschäftigten, pedantischen, hypochondrischen Menschen immer unruhig um sich herum zu haben und in jedem Gedanken gestört zu werden, ist ein paar Jahre lang schwer zu ertragen, so tat er mir doch unbeschreiblich leid, und ich habe so weinen müssen wie lange nicht. Er war eine Zeitlang doch der seligen Mutter liebstes Kind, weil er mehr als die anderen in ihre Familie glich, und als er im Postwagen ernst und traurig saß, hatte er einen eigenen Zug von der Mutter im Gesicht, die gerade so den Mund zusammenschloss, dass ich es kaum aushalten konnte.«

Die mangelnde Lust am Eheleben setzte sich auch in der nächsten Generation der Grimms fort: Von den drei Kindern Wilhelms blieben zwei unverheiratet. (→ Faul, → Heirat, → Uniform)

Jura-Studium

Beide Grimms begannen nach Abschluss des Lyzeums in Kassel ein Studium der Rechte in Marburg. Sie folgten damit dem Wunsch des früh verstorbenen Vaters, der seine beiden Ältesten als Juristen im hessischen Staatsdienst hatte sehen wollen. Jacob und Wilhelm hofften, schnell abzuschließen, eine sichere Anstellung anzutreten und dadurch die Mutter und die Geschwister finanziell zu unterstützen.

Professor Friedrich Carl von Savigny, der als einer der Begründer der sogenannten Historischen Rechtsschule gilt, wurde schnell zu ihrem Lieblingslehrer und Mentor. Jacob, der mit seinen klugen Ausarbeitungen zu verschiedenen Rechtsfragen auf sich aufmerksam gemacht hatte, erhielt für die Vorlesungen von Savigny schnell die Platzkarte Nr. 1. Der Professor war nur sechs Jahre älter als Jacob, und durch die damals üblichen Privatvorlesungen, die in den Wohnhäusern der Professoren abgehalten wurden, entstand schnell ein persönlicher Kontakt.

Bei Savigny sollen die Grimms überhaupt erst auf das Thema gestoßen worden sein, das sie ein Leben lang begleitete. Im Regal des Professors habe er Johann Jakob Bodmers Minnesinger-Ausgabe entdeckt, und die Lektüre habe ihn mit »einiger Ahnung erfüllt«, schreibt Jacob in seiner Abhandlung »Das Wort des Besitzes«, die er dem Lehrer zu dessen fünfzigjährigem Doktor-Jubiläum widmete: »Bei Ihnen prangte es unnütz auf dem Brett, Sie haben es sicher nie gelesen, damals aber getraute meine keimende Neigung noch nicht, es von Ihnen zu entleihen.«

Die reiche Bibliothek Savignys erzeugte bei den Brüdern den Wunsch, »die alten Dichter genau zu lesen und verstehen zu lernen«. Den Jura-Abschluss hat Jacob übrigens nie gemacht, Wilhelm legte sein Examen im Jahr 1806 ab. (→ Ehrendoktoren, → Initialzündung, → Proben)

K *wie Kloster*

Nachdem ihr Protest in Göttingen die Grimms einmal nicht als Wissenschaftler und Herausgeber alter Schriften, sondern als politische Akteure über die Landesgrenzen bekannt gemacht hatte, hätte sich Jacob am liebsten, wie er Karl Lachmann gestand, in ein Kloster zurückgezogen.

Öffentlichkeit war seine Sache nicht: »Den Gesellschaften abgeneigter hat mich auch das gemacht, dass fast alle Gespräche auf unsere öffentlichen Angelegenheiten mit unendlichen Wiederholungen führen, was mir fast das Peinlichste an der Sache ist.« (→ Berühmt, → Comitat)

Kränklich

Nach dem Tod des Vaters stand die Mutter plötzlich allein vor der Aufgabe, den Kindern eine Ausbildung zu ermöglichen. Gleichzeitig mussten die vier jüngeren Geschwister versorgt werden – keine leichte Aufgabe.

Ihre Schwester, Erste Kammerfrau der Landesgräfin von Hessen und von den Kleinen liebevoll »Tante Zimmer« genannt, stand ihr bei: Sie ließ den dreizehnjährigen Jacob und den zwölfjährigen Wilhelm zu sich nach Kassel kommen und finanzierte Kost und Logis sowie die Ausbildung am dortigen Lyzeum.

Ihre Vorbildung, die die Grimm-Brüder im kleinstädtischen Steinau erhalten hatten, stellte sich allerdings als den dortigen Anforderungen ungenügend heraus. So wurde der Pagenhofmeister Dietmar Stöhr als Privatlehrer engagiert, um die wissbegierigen Jungen vor allem im Französischen zusätzlich zu unterrichten.

Das viele Lernen und Sitzen in der Stube forderte allerdings seinen Preis, der bisher so robuste Wilhelm kränkelte: »Ich war eifrig im Lernen, wie es auch sehr nötig war, aber der Übergang zu dieser sitzenden Lebensweise, denn der ganze Tag war mit Lehrstunden besetzt, wirkte nachteilig auf meine bisher so feste Gesundheit. Nach einem an sich gar nicht heftigen, glücklich überstandenen Anfall des Scharlachfiebers fing ich an, über beschwerten Atem zu klagen, wozu sich bald Schmerzen in der Brust gesellten. Die Lehrstunden hatten dabei ihren Fortgang, und der Weg nach dem Lyzeum ward mir oft sehr sauer, wenn mir der kalte Wind, der über den Friedrichsplatz oft herzieht, entgegenblies.« (→ Fleißig, → Hilfestellung)

Kriegsbeute

Als Privatbibliothekar von König Jérôme, Napoleons jüngstem Bruder, der von 1807 bis 1813 König von Westphalen war und in Kassel residierte, hatte Jacob viel Zeit für seine eigenen Studien, denn von seinem Arbeitgeber wurde er kaum einmal benötigt. Lästig wurde schließlich nur, dass er so oft mit seinen Büchern umziehen musste – aus dem ursprünglichen Saal im Schloss auf der Wilhelmshöhe hatte die Bibliothek auszuziehen, weil der Raum anderweitig benutzt werden sollte. Die Bücher wurden vorübergehend auf den dunklen Dachboden getragen: »Da lag nun das, wofür mein Amt geschaffen worden war, in leidigster Unordnung«, klagte Jacob.

Dann wurde der Bestand sogar auseinandergerissen und aufgeteilt, allein einige ausgewählte Folianten sollten im Kasseler Schloss stehen. Als es dort im November 1811 brannte, half Jacob, die wertvollen Bände aus dem brennenden Gebäude zu schaffen. In der Not sammelte man die Bücher zunächst in Leinentüchern auf dem Schlossplatz.

Als der Krieg näher rückte, gab der König gar den Befehl, die Bibliothek auf den Rückzug nach Paris mitzunehmen. Jacob gelang es, eine Sammlung von Handschriften zur hessischen Geschichte rechtzeitig beiseitezuschaffen, aber der größte Teil der Kostbarkeiten wurde tatsächlich nach Frankreich verschickt.

1814 bereitete es Jacob große Befriedigung, in die französische Hauptstadt zu fahren und dort über die Auslieferung der Kriegsbeute zu verhandeln. Dabei begegnete er auch dem Gehilfen wieder, der seinerzeit in Kassel die Bücher eingepackt hatte: »Der Mann machte große Augen, als er mich erblickte.« (→ Napoleon, → Wiener Kongress)

Kur

Über seine angegriffene gesundheitliche Verfassung äußerte sich Wilhelm schon als junger Mann wie folgt: »Meine Kränklichkeit hatte nach dem Tode der Mutter immer zugenommen, zu dem beengten Atem, der mir das Ersteigen weniger Stufen zu einer großen Last machte, und den fortwährenden stechenden Schmerzen in der Brust gesellte sich noch eine Herzkrankheit. Der Schmerz, den ich mit nichts vergleichen konnte als dem Gefühl, es fahre von Zeit zu Zeit ein glühender Pfeil durch das Herz, war mit beständiger Beängstigung verbunden. Manchmal brach er in ein heftiges Herzklopfen aus, das ohne äußere Veranlassung auf einmal kam und ebenso mit einem Schlage endigte.«

Von Berlin aus, fuhr er, manchmal zusammen mit seiner Frau Dorothea, um deren Gesundheit es ebenfalls nicht besonders gut bestellt war, fast jedes Jahr zur Kur. Die ständige Angst um sein Leben machte Willhelm schwermütig und belastete auch den Bruder Jacob sehr.

Der schrieb einmal an den britischen Wissenschaftler John Mitchell Kemble das anrührende Stoßgebet: »Gotte erhalte mir den lieben Bruder, der fest in mein eignes Dasein und Wesen verwachsen ist, so dass ich nicht wüsste, was aus mir werden sollte, wenn ich ihn verlöre.« (→ Hilfestellung, → Tod, → Widmungen)

𝔏 *wie Landei*

Auf dem Kasseler Lyzeum musste der junge Jacob schmerzhaft am eigenen Leib erfahren, was Ungleichbehandlung bedeutet: Wurde der fleißige und ehrgeizige Schüler von seinem Lehrer aufgerufen, geschah dies in der veralteten Anredeform Er – also: »Komm Er zur Tafel!« Die anderen Schüler hingegen wurden respektvoll mit »Sie« angesprochen.

Der Grund für diese verbale Erniedrigung lag, so war Jacob überzeugt, in seiner dörflichen Abkunft begründet. Das Landei sollte sich in der Stadt nur ja nicht zu selbstbewusst gebärden.

Im Nachhinein formulierte der ältere Grimm in Erinnerung an diesen pädagogischen Fauxpas: »Solche Ungleichheit, die auch seitdem gewiss lange abgestellt worden ist, sollte sich ein Lehrer nie erlauben, weil sie von allen Schülern lebhaft wahrgenommen wird.« (→ Fleißig, → Unterricht)

Latein

Seine Antrittsrede in Göttingen hielt Jacob Grimm am 13. November 1830 wie damals üblich auf Latein. Dies war seine einzige Rede in der toten Gelehrtensprache, die er nicht besonders mochte, weil er sich für die Entwicklung von Sprachen und deren volkstümlichen Gebrauch interessierte. Seine neue Aufgabe im Königreich Hannover begann er mit einem Vortrag »Über die Heimatliebe« – den schmerzlichen Verlust seines geliebten Hessens trug Jacob sogar in den Hörsaal.

Nebenbei: Dass ausgerechnet »De desiderio patriae« so heftig gegen den Gebrauch der lateinischen Sprache gerichtet ist, entbehrt nicht einer gewissen Ironie. (→ Fremdsprachen, → Vaterlandsliebe)

Lehre

Die Berufung nach Berlin erfolgte, sehr zur Freude der beiden emsigen Forscher, nicht als ordentliche Professoren, sondern als Akademiemitglieder. Wären sie einer Einladung der Universität gefolgt, hätten sie einen großen Teil ihrer Zeit für die Lehre opfern müssen.

Das lag beiden nicht. Jacob Grimm sagte einmal über sich selbst, dass er bei den Vorbereitungen seiner Veranstaltungen merkte, »wie viel mehr meiner Natur stilles Ausarbeiten zusagt, als öffentliche Mitteilung obenabgeschöpfter Resultate. Ich meine von Haus aus oder durch lange Verwöhnung für den Cellenfleiß gemacht zu sein, und es gebricht mir für die Welt an Facon, obgleich ich das Frische und Tüchtige in der Welt hochhalte und gern erreichte«.

Einige Vorträge an der Universität hielten die Brüder Grimm trotzdem, und vor allem Wilhelm wurde ja von den Studenten der Stadt sehr verehrt. (→ Fackelzüge, → Vergleich, Unpassender)

Leipzig

Der Vorschlag der Verleger der Weidmannschen Buchhandlung Karl Reimer und Salomon Hirzel im Jahr 1838, nach Leipzig zu ziehen und dort am »Deutschen Wörterbuch« zu arbeiten, blieb folgenlos.

Wilhelm wäre zu diesem Umzug zwar bereit gewesen, sein Bruder Jacob dagegen befand: »Der Haupteindruck, den die Stadt auf mich macht, ist ungünstig, sie ist mir zu vornehm, mit der Ausdehnung der Vorstädte zu groß, voll Staub und Geräusch.« Die amtsenthobenen Professoren blieben – vorerst – in Kassel. (→ Titelkupfer, → Verkalkuliert)

Leser

Für ihr ehrgeizigstes Werk, das »Deutsche Wörterbuch«, wünschten sich die Brüder nicht Nutzer, sondern Leser. Sie wollten für das Volk forschen und publizieren, nicht für die Wissenschaft.

Jacob malte sich ernsthaft aus: »Leser jedes Standes und Alters sollen auf den unabsehbaren Strecken der Sprache nach bienenweise nur in die Kräuter und Blumen sich niederlassen, zu denen ihr Hang sie führt und die ihnen behagen. Warum sollte sich nicht der Vater ein paar Wörter ausheben und sie abends mit den Knaben durchgehend zugleich ihre Sprachgabe prüfen und die eigne auffrischen? Die Mutter würde gern zuhören. Frauen, mit ihrem gesunden Mutterwitz und im Gedächtnis gute Sprüche bewahrend, tragen oft wahre Begierde, ihr unverdorbenes Sprachgefühl zu üben.«

Kaum jemand wird das zweiunddreißigbändige Werk tatsächlich auf diese Weise benutzt haben – außer natürlich Schriftsteller auf der Suche nach wohlklingenden Formulierungen: Rilke, Hofmannsthal, Hesse und Thomas Mann waren große Anhänger des »DWB«. (→ Naturfreunde)

Liebe

Beide Grimms waren keine Frauenhelden, romantische Verehrer des weiblichen Geschlechts oder neigten sonst wie zum Schwärmen. So wundert es nicht, dass die schönsten überlieferten Worte zum Thema Liebe sich nicht auf die zwischen Mann und Frau, sondern auf die zur Familie beziehen.

Wilhelm pflegte die von ihm innigst geliebte kleine Schwester Lotte, als diese im Sterben lag. »Sie küsste mich noch, als sie nicht mehr sprechen konnte«, berichtete er einem Freund und schrieb später in einem Brief an Karl Lachmann: »So ein wunderliches und unausmessbares Ding ist das menschliche Herz, aber das habe ich lebendiger als je empfunden, dass die Liebe das einzige ordentliche Ding ist, das wir auf der Welt davontragen und das widerhält, wenn die anderen Lumpereien zugrunde gehen.« (→ Autorität, → Geschwister)

Lotte

Über die kleine Schwester der Grimms ist wenig bekannt, dabei haben die Märchenbrüder ihr viel zu verdanken. Nicht nur führte sie nach dem Tod der Mutter, unterstützt von »Tante Zimmer«, den Haushalt, sondern durch sie schlossen die eingefleischten Junggesellen auch fast alle ihre Frauenbekanntschaften: Als die beiden ihre Volksmärchen-Sammlung begannen, waren es nämlich vor allem Lottes Freundinnen, die ihnen ihre Stoffe lieferten: Jenny und Annette von Droste-Hülshoff, die Apothekertöchter Gretchen und Dortchen Wild, wobei Wilhelm Letztere Jahre später heiraten sollte, und auch die Töchter der Familien Haxthausen und Hassenpflug hatten viele alte Geschichten zu berichten. Lotte heiratete dann einen Sohn der Hassenpflugs, Hans Daniel, bekam sechs Kinder und starb bereits 1833. (→ Aussteuer, → Faul, → Marie, Die alte)

M *wie Malerbruder*

Ludwig Emil Grimm, genannt Louis, malte und zeichnete schon als kleiner Junge ständig und überall. Durch seine Skizzen und Bilder wissen wir nicht nur, wie die Grimms und ihre Kinder in verschiedenen Lebensphasen aussahen, seine Studien geben auch deutlich die Grimmsche Gemeinschaft, ihr enges Familienleben wieder. Er lebte vorübergehend in München, wo er das Kupferstechen lernte. 1832 wurde er Professor an der Kasseler Akademie.

Seine Aquarelle von der heimatlichen Umgebung hatten für die zwei ältesten Grimm-Brüder außerdem eine tröstende Funktion: Im Berliner Arbeitszimmer von Wilhelm hingen mehrere Bilder seiner geliebten Stadt Kassel, die Ludwig Emil ihm zum Abschied geschenkt hatte. (→ Geschwister, → Überwachung, → Wunderhorn, Des Knaben)

Märchen

Dass Märchen überhaupt als ernstzunehmende literarische Gattung Anerkennung fanden, war das Verdienst der – damals freilich noch nicht als solche bezeichneten – Romantiker. Dem »aufgeklärten« 18. Jahrhundert galten sie noch als »Ammengeschwätz« und schienen überhaupt nur einigermaßen erträglich, wenn sie mit einer deutlichen moralischen Botschaft verbunden waren. Dann bekamen Goethes Märchendichtungen einige Aufmerksamkeit und Anerkennung, und die Arbeiten Herders, der auf ihren volkstümlichen Wert hinwies, wurden programmatisch für die Grimms.

Den Romantikern, in deren Kreisen sie sich bewegten, galt das Märchen als »höchste Poesie«.

Den Grundstock für ihre Sammlung verdankten die Grimms den Aufrufen Clemens Brentanos und Achim von Arnims, die auf der Suche nach Liedern für »Des Knaben Wunderhorn« waren: Unter den Einsendungen befand sich ein Brief des Hamburger Malers Philipp Otto Runge mit zwei plattdeutschen Märchen, »Von dem Fischer un syner Fru« und »Von dem Machandelboom«. Die Geschichten wurden zunächst in der »Zeitschrift für Einsiedler« veröffentlicht. Dann schickte von Arnim sie an die Grimms. (→ Freundschaften, → Romantiker, → Wohngemeinschaft, → Wunderhorn, Des Knaben)

Märchenerzähler

Die romantische Vorstellung, dass die Grimms in den Jahren 1807 und 1808 für ihre Märchen-Sammlung durch Hessen reisten, um sich in gemütlichen Stuben am warmen Ofen von alten Frauen Märchen erzählen zu lassen und dabei eifrig mitschrieben, ist vermutlich zu schön, um wahr zu sein. Vieles wurde ihnen zugeschickt oder von Helfern zugetragen, vor allem die Freundinnen ihrer Schwester Lotte lieferten ihnen auf kurzem Wege und recht unkompliziert das, was sie wussten.

Ein kurioser Kontakt entstand auch zum Dragonermeister Krause: Mit ihm sollen Jacob und Wilhelm ein paar alte Kleider gegen ein halbes Dutzend Märchen getauscht haben. Der verarmte Mann schrieb ihnen später noch zweimal, und beide Male ging es um neue Kleider: »Meine Liebe-Herren-Wohldäter! Herr Jacob und Hr. Wilhelm. ich denke däglich an Ihnen, Morgen, und abents. Wenn ich mich aus- und annzihe: aber die aldages Beinkleider sein zerißen: Ich armer Tropf ich bin diesen ganzen Winter krank gewesen, und noch immer, schwach. Haben Sie die Gewogenheit, Meine Hr. Biblicats, wenn Einer von Ihnen Ein paar Bein Kleider abgelecht hat, und begaben sie mich Noch eins mahl, ich werte Ihnen meinen unterthänichen Danck dagegen abstatten.« (→ Lotte, → Romantiker)

Marie, Die alte

Fälschlicherweise wurde lange Zeit Marie Müller, genannt »die alte Marie«, Wirtschafterin der Wildschen Apotheke in Kassel, als die Hauptquelle für die meisten Märchen des ersten Bandes angesehen. Von ihr sollen die Märchenbrüder laut Herman Grimm nicht nur »Rotkäppchen«, sondern auch »Schneewittchen«, »Brüderchen und Schwesterchen« und »Das Mädchen ohne Hände« gehört haben.

Heute weiß man es besser: Diese Geschichten wurden nicht von der alten Marie, sondern von einer jungen, der kaum zwanzigjährigen Marie Hassenpflug erzählt. (→ Irrtum, → Lotte, → Tricks, → Viehmännin, Die)

Motto

Am 3. Januar 1808, ganz zu Beginn ihrer Bekanntschaft, schrieb Achim von Arnim in das Stammbuch der Brüder Grimm in Abwandlung des bekannten Sprichworts: »Findet, so werdet ihr suchen«. – Es ist, als ob Jacob und Wilhelm sich die Worte des Freundes zum Motto für ihr gesamtes Leben und Schaffen gewählt hätten. (→ Fleißig, → Freundschaften)

Naturgemäß waren die heimatliebenden Grimms Berlin und den Berlinern gegenüber skeptisch, als sie 1841 in die preußische Hauptstadt zogen. Nach einer Eingewöhnungszeit allerdings lernte die Familie die »Natürlichkeit« und »Herzlichkeit« der Berliner zu schätzen.

Wilhelm Grimm schrieb 1848 an den Freund Bogumil Goltz: »Als ich, mein Bruder, meine Frau und Kinder, wie es sich selten ereignet, alle auf einmal, die meisten todkrank danieder lagen, kamen Nachbarn, zum Teil ganz unbekannte, besorgten unser Hauswesen und pflegten uns unermüdlich. Ich fing an, hier Wurzeln zu schlagen.« (→Berlin, →Quartier Latin, →Umzüge)

Napoleon

Um nach dem Tod der Mutter, die am 27. Mai 1808 starb, für den Unterhalt und die Ausbildung der jüngeren Geschwister zu sorgen, gab Jacob sogar seinen patriotisch motivierten Vorbehalt gegenüber der napoleonischen Fremdherrschaft auf: Er trat eine Stelle als Bibliothekar bei König Jérôme, dem jüngsten Bruder Napoleons und König von Westphalen, an. Dieser wurde hinter vorgehaltener Hand »König Lustig« oder »König Lustik« genannt, da seine Kenntnisse des Deutschen über den Satz »Morgen wieder lustig!« nicht hinausgekommen sein sollen.

Jacob und die Seinen waren vorerst abgesichert, der Posten war einigermaßen gut dotiert und ließ ihm Zeit für seine Studien, in denen er sich, in einer Art innerer Emigration, mit deutscher Volkskunst und Volkspoesie beschäftigte – mit der Idee, diese Schätze dem Volk zurückzugeben.

Damit wollten die Grimms nämlich, so Wilhelm, »zu der Rückkehr einer anderen Zeit etwas beitragen«. (→ Armut, → Autorität, → Kriegsbeute)

Naschen

Hunger konnte Wilhelm Grimm schwer ertragen, und er war offenbar anfällig für kleine Naschereien zu später Stunde. In einem Brief an die Freundin Anna von Arnswaldt geb. Haxthausen bedankte er sich für eine Schachtel Süßigkeiten, die er von ihr zu seinem Geburtstag erhalten hatte und gestand: »Wenn ich mir etwas daraus hole, manchmal noch spät um zehn oder zwölf Uhr nachts, so fällt mir ein, wie treu, herzlich und unverändert Sie durch das ganze Leben mit uns halten.« (→ Ausflug)

Naturfreunde

Einer Lieblingsbeschäftigung aus der Kinderzeit blieben die Brüder ein Leben lang treu: Wie damals in Steinau – wo sie allerdings auch Schmetterlinge, Vogeleier und Käfer mitnahmen – sammelten sie in

Kassel, Göttingen und Berlin auf ihren Spaziergängen Pflanzen und Blumen und pressten sie in ihren Büchern.

Diese Form von Buchverschönerung empfahlen die Grimms auch weiter: 1826 schenkte Jacob der befreundeten Anna von Haxthausen ein altes Büchlein, »es mag vor vierhundert Jahren in Frankreich geschrieben worden und hernach auch lange daraus gebetet worden sein, denn die Bilder sind verblichen und verwischt«. Sein Tipp: »In den leeren Rand können Sie noch Blumen einzeichnen oder zeichnen lassen und wenn Sie zwischen die Blätter Band und trockene Blumen legen, wird sich's wieder schmücken und beleben.«

Auch um ihre Arbeiten zu beschreiben, bedienten sich die Brüder häufig botanischer Begriffe. Den Unterschied zwischen den »Deutschen Sagen« und den »Kinder- und Hausmärchen« machte Wilhelm auf diese Weise fest: »Die Märchen gleichen den Blumen, die Volkssagen frischen Kräutern und Sträuchern, oft von eigentümlichem Geruch und Hauch.« (→ Leser, → Sagen, → Tempo, → Titelkupfer)

𝔒 *wie Orden*

Den Orden »Pour le Mérite« gab es als militärische Auszeichnung schon seit 1740. Auf Alexander von Humboldts Anregung, der als enger Berater über einigen Einfluss auf Friedrich Wilhelm IV. verfügte, führte der König 1842 eine »Friedensklasse« des Ordens ein. Unter dem Namen »Pour le Mérite für Wissenschaft und Künste« wurden von diesem Zeitpunkt an Personen, die sich in den Kategorien Geisteswissenschaften, Naturwissenschaften und Medizin sowie Schöne Künste verdient gemacht hatten, ausgezeichnet.

Neben dem Philosophen Friedrich Wilhelm Joseph von Schelling, dem Rechtshistoriker und ehemaligen Marburger Lehrer der Grimms, Friedrich Carl von Savigny, und dem Geologen Christian Leopold von Buch zählte auch Jacob Grimm zu den ersten Trägern.

Auch wenn er sonst nicht gerne im Mittelpunkt stand – diese Auszeichnung machte ihn sehr stolz. (→ Bescheiden, → Rentner)

Ovationen

»Vivat! Vivat! Vivat!« – Derart euphorisch wurden die Brüder von den Studenten am 30. April 1841 in Berlin begrüßt. Drei Jahre nach dem Skandal um die »Göttinger Sieben« war ihre Popularität ungebrochen. Vor allem Bettine von Arnim hatte sich unermüdlich für die Freunde bei Friedrich Wilhelm IV. eingesetzt. Sie wollte sie nicht nur aus der finanziellen Klemme befreien, sondern war auch angetan von der Idee, die beiden aus der Provinz in die Großstadt Berlin zu entführen, wo so viele interessante Leute lebten und arbeiteten.

Jacob und Wilhelm waren indes nicht für großes Publikum gemacht. Schon in Göttingen hatten sie nicht gerne gelehrt und ihre Zeit lieber allein am Schreibtisch verbracht. Der Empfang in Berlin mit stehenden Ovationen der Studenten soll aber dennoch »sichtbare Rührung« bei Jacob hinterlassen haben. Während seiner Antrittsvorlesung »Über die Altertümer des deutschen Rechts« habe über der ganzen Rede eine »milde Wärme« gelegen – so meldeten die Zeitungen am nächsten Tag.

Bettine, die bei seiner Rede anwesend war, berichtete ihrem Sohn in einem Brief von den über sechshundert Studenten im großen Auditorium, die den alten Grimm zehn Minuten lang hochleben ließen: »Der Jacob ward leichenblass, konnte sich in diese Überraschung, die er nicht geahnt hatte, gar nicht finden, er hielt die Hand vor die Augen, um sich zu sammeln, und sagte: ›Ich weiß! Dies gilt nicht mir, sondern meinem Schicksal, das mich nicht gebeugt hat! und dem ich auch nun zu danken habe, dass es mich in Ihre Mitte führt!‹ Er war so bewegt, dass er oft Pausen machen musste, kam angegriffen nach Hause und war am nächsten Tag krank.«

Seine Antrittsvorlesung an der Akademie am 3. Februar 1842 hielt Jacob übrigens über die »Merseburger Zaubersprüche«, die kurz zuvor in der Bibliothek des Domkapitels Merseburg entdeckt worden waren. Die Zauberformeln waren eine Sensation: Erstmals hatte man Zeugnisse germanisch-heidnischer Religiosität gefunden. Jacob Grimm war der Erste, der die Funde wissenschaftlich untersuchte und edierte. (→ Berlin, → Comitat, → Fackelzüge, → Lehre, → Taubenschlag)

𝔓 *wie Partei*

Mit deutlichen Worten erteilte Jacob Grimm nach dem Eklat um die »Göttinger Sieben« jeder Vereinnahmung seiner Person und der seines Bruders durch politische Parteien eine Absage. Allein ihr christliches Gewissen habe sie zu diesem Schritt gezwungen: »Unsere Sache hat nichts mit dem politischen Treiben gemein, wir sind fest entschlossen, uns nicht für die liberale Fahne anwerben zu lassen. Bei unserm Schritte lag bloß die religiöse Überzeugung zugrunde, dass wir so handeln mussten, wenn wir unser Gewissen rein halten wollten … Mit dem politischen Parteiwesen hat die Sache nichts zu schaffen, und wir müssen die albernen Lobeserhebungen der Liberalen ebenso ertragen wie die hoffärtige Verhöhnung der anderen Sekten.« – Auch später als Abgeordneter in der Nationalversammlung mochte sich Jacob keiner Partei anschließen. (→ Calvinistisch, → Paulskirche)

Patenschaft

Mit ihrem Brotherrn in Kassel, dem Kunst- und Wissenschaftsbanausen Kurfürst Wilhelm II., hatten die Grimms nichts als Ärger. Mit seiner Frau

Auguste, die getrennt von ihm im Schloss Bellevue lebte, waren sie hingegen freundschaftlich verbunden.

Wilhelm hatte den beiden Prinzen Unterricht gegeben, und darüber entstand ein so herzliches Verhältnis, dass Auguste sogar die Patenschaft von Wilhelms Tochter übernahm, die 1832 geboren wurde. Die Kleine wurde nach ihr auf den Namen Auguste getauft, hieß in der Familie aber nur »das Gustchen«. (→ Apapa, → Banause, Der nächste)

Paulskirche

In Göttingen waren die Grimms zufällig in die große Politik geraten, nach der Revolution von 1848 tat Jacob Grimm dann einen bewussten Schritt in die Öffentlichkeit: Er saß als Vertreter des Wahlkreises Mühlheim/Ruhr in der Nationalversammlung in der Frankfurter Paulskirche. Dabei wollte er sich keiner Partei eindeutig zuordnen lassen, er wollte sich vorbehalten, stets nach seinen Überzeugungen und nicht nach Partei-Kalkül zu stimmen. Fünf Mal ergriff er das Wort, um Vorschläge für die neue Verfassung zu machen – vergebens.

Nach vier Monaten warf Jacob enttäuscht das Handtuch. Die Herren kamen einfach nicht weiter: »Wir haben, muss ich sagen, eine große entschiedene Anlage zum Pedantischen; ich habe sogar neulich bei einem anderen Anlass ausgesprochen, dass, wenn das Pedantische in der Welt unerfunden geblieben wäre, der Deutsche es erfunden haben würde. Der Fehler besteht darin, dass wir allzusehr geneigt sind, an dem Geringfügigen und Kleinen zu hängen, und das Große uns darüber entschlüpfen zu lassen. Der bekannte Satz: ›Vorgetan und nachbedacht, hat manchen in großes Leid gebracht‹, dieser Satz kann auf uns Deutsche in politischen Dingen sehr selten angewendet werden, vielmehr könnte man einen andern auf uns anwenden: ›Lang bedacht und schlecht getan, ist der deutsche Schlendrian‹.« (→ Berühmt, → Freiheit)

Primel

Auf den Fensterbänken ihrer Arbeitszimmer standen immer, so erinnert sich Herman Grimm, der Sohn und Neffe, die Lieblingsblumen der naturverbundenen Geisteswissenschaftler. Bei seinem Vater, der zeitlebens herz- und lungenkrank war, leuchteten Primeln in verschiedenen Farben.

Da das botanische Wissen der Brüder Grimm ebenfalls enorm war, wird Wilhelm gewusst haben, dass der Tee aus diesen Blumen gut gegen Husten, Bronchitis und Erkältungskrankheiten wirkte, die Blüte außerdem als Nervenmittel gegen Kopfschmerzen, Gliederzittern, Schwindelgefühl und als Herztonikum eingesetzt werden konnte.

Jacob dagegen liebte Goldlack und Heliotrop. Auch hier könnte man über die tiefere Bedeutung dieser Vorliebe philosophieren: Goldlack, besonders die Samen, sind hochgiftig und hautreizend, also mit Vorsicht zu genießen. Und Heliotropium heißen im Volksmund Sonnenwenden, da sie die Ausrichtung ihrer Blätter nach dem Sonnenstand verändern, eigensinnige Pflanzen eben, die sich nicht mit den Gegebenheiten abfinden … (→ Naturfreunde, → Tempo)

Proben

Wenn nicht Jura wie er selbst, dann sollten die Söhne Jacob und Wilhelm Theologie studieren wie sein Vater, so wünschte es sich Philipp Wilhelm Grimm. Jacob übte schon in früher Kindheit für dieses Amt und erinnerte sich später: »Einmal habe ich auf einem Stuhl gestanden und gepredigt; denn ich wollte ein Pfarrer werden wie der Großvater in Steinau.«

Ob der Vater stolz auf die Karriere seiner Söhne in einem für ihn so völlig abwegigen Bereich gewesen wäre, bleibt offen. Philipp Wilhelm Grimm starb, als Jacob erst elf Jahre alt war. (→ Armut, → Autorität, → Kränklich)

Q *wie Qual*

»Ich spüre, im Alter nehmen die Pläne und Gedanken nicht ab, sondern zu, aber die Ausführung wird schwieriger«, so der arbeitswütige Jacob Grimm gegenüber seinem Verleger Hirzel. In Berlin angekommen, verfasste er eine Liste mit seinen weiteren Publikationsvorhaben, weit oben stand der abschließende Band seiner »Deutschen Grammatik«.

Aber zu all dem kam es nicht mehr. Die Arbeit am »Deutschen Wörterbuch« ließ es einfach nicht zu, sich um anderes zu kümmern, dabei tat Jacob wirklich sein Möglichstes: »Von allen Arbeiten, die ich jemals vorgenommen, hat keine schwerer auf meine Schultern gedrückt als die des Wörterbuchs, schon die Einleitung und lange Vorbereitung lastete in den Gedanken. Ich arbeite unablässig fort alle Tage bis abends elf Uhr, worüber Sie meine Hausleute verhören können«, schrieb Jacob mit deutlicher Verzweiflung kurz vor seinem Tod an Salomon Hirzel. (→ Grammatik, Deutsche, → Verkalkuliert)

Quartier Latin

Das Viertel rund um den Potsdamer Platz, zu dem auch die Lennéstraße gehörte, in der die Familie Grimm die ersten sechs Jahre in Berlin wohnte, war in den dreißiger Jahren des 19. Jahrhunderts zu einem bevorzugten Wohngebiet von Gelehrten, Künstlern, Diplomaten, Bankiers und Politikern geworden.

Der Volksmund hatte schnell den richtigen Namen für den vornehmen Kiez gefunden: Wer im »Quartier Latin« wohnte, hatte es geschafft. (→ Berlin, → Nachbarschaftshilfe, → Umzüge)

Wilhelms Geburtstag wurde in Berlin immer groß begangen. 1844 nahm auch ein alter Bekannter an den Feierlichkeiten teil, die die Studenten zu Ehren des Professors vor dem Haus in der Lennéstraße veranstalteten: Hoffmann von Fallersleben, den die Brüder schon seit 1818 kannten, war zwei Jahre zuvor seines Amtes als Germanistik-Professor in Breslau enthoben worden, hatte die preußische Staatsbürgerschaft verloren und irrte nun als einer der prominentesten Exilanten durch die Lande.

An Wilhelms Ehrentag stahl er diesem offenbar tüchtig die Schau: Als die Studenten sahen, dass da der Dichter der »Unpolitischen Lieder« kam, war das Geburtstagskind vergessen, und stattdessen waren Hochrufe auf Hoffmann von Fallersleben zu hören! Mit dessen politischer Haltung wollten die Grimms aber nichts gemein haben, schließlich waren sie auf persönliche Einladung des Königs in Berlin!

In der »Preußischen Allgemeinen Zeitung« nahmen sie Stellung zu dem Vorfall und distanzierten sich von dem uneingeladen erschienenen Kollegen. Jacob versöhnte sich später wieder mit ihm, das Verhältnis zu Wilhelm aber blieb gestört. Der Dichter trug ihm das nicht nach – er war der Erste, der nach dem Tod der Grimms ein Denkmal für die Brüder anregte. (→ Fackelzüge, → Paulskirche, → Revolution)

Ferdinand, den jüngeren Bruder, setzte Jacob 1836 entnervt auf die Straße: Zwei Jahre lang hatte sich dieser nach seiner Entlassung beim Reimer Verlag bei den berühmten Geschwistern in Göttingen eingenistet und eigentlich nur Rotkehlchen und Bachstelzen beobachtet. Das wiederum hatte Jacob beobachtet. (→ Faul, → Verlage)

Rechtfertigungsschrift

Das in der zweiten Aprilhälfte 1838 in Basel erschienene Heft: »Jacob Grimm über seine Entlassung« hätte streng genommen »Jacob und Wilhelm Grimm über ihre Entlassung« heißen müssen, denn ein großer Teil des Textes stammt von dem jüngeren, ebenfalls entlassenen Bruder. Sie ließen die Schrift allein unter Jacobs Namen erscheinen, weil Wilhelm mit der Familie noch in Göttingen wohnte und weitere Unannehmlichkeiten umgehen wollte. Da der Druck in Deutschland verboten worden war, übergab Jacob das Manuskript einem Schweizer Verlag. Da der Vertrieb erlaubt war, verbreitete sich das Werk in Windeseile.

Über Sinn und Zweck der Zensur hatte Jacob schon fast zwanzig Jahre vorher den Kopf geschüttelt, damals war er selbst unfreiwillig Mitglied der Kommission gewesen. (→ Berühmt, → Spenden II, → Zensur)

Friedrich Wilhelm IV., der »Romantiker auf dem Thron«, hatte diesen gerade erst bestiegen, als er die Grimms nach Berlin holte. Er wollte Preußen zu einem wissenschaftlichen und künstlerischen Zentrum machen und brauchte dafür die richtigen Leute. Bei der Auswahl vertraute er ganz auf die Beratung seines engen Vertrauten Alexander von Humboldt. Unter den empfohlenen Geistesgrößen waren allerdings einige, die schon deutlich das Rentenalter erreicht hatten: Ludwig Tieck zum Beispiel oder Friedrich Wilhelm Schelling waren noch ein Jahrzehnt älter als die Grimms, die auch schon Mitte fünfzig waren.

Bei den Plänen, die die Brüder mitbrachten, verstummten allerdings die Witzeleien über die zu erwartenden »Alterswerke« der vom König berufenen Senioren, denn hier wollten sie sich dem »Deutschen Wörterbuch« widmen.

In seinem Antwortbrief auf das fürstliche Angebot prophezeite Jacob, dass das Werk bis zu ihrem Tod ihr Arbeitsleben bestimmen würde: »Unser Leben geht schon auf die Neige. Nach nichts anders trachten wir, als unsere übrigen Tage der Vollführung der Arbeiten, welche sich auf Sprache und Geschichte des geliebten Vaterlandes beziehen, zu widmen. Die Großmut des Königs will uns eine dazu nötige sorgenfreie Muße schaffen.« (→ Orden, → Umzüge, → Verkalkuliert)

Revolution

Trotz des politischen Engagements, das vor allem Jacob immer wieder zeigte, blieben beide in den entscheidenden revolutionären Phasen 1830/31 und 1848 zurückhaltend. Für die Einheit der deutschen Länder setzten sie sich – weniger verfänglich – vor allem mit ihren Schriften ein, in denen ja der gesamte deutsche Sprachraum als ihr Hoheitsgebiet gelten konnte.

Erst 1858, im Alter von dreiundsiebzig Jahren, wird aus Jacob noch geradezu ein Revoluzzer. Enttäuscht von der Reaktion, ohne Hoffnung auf Einheit und Freiheit sieht er die einzige Lösung in einer großen Revolution des Volkes: »Es ist an gar keine Rettung zu denken, wenn sie nicht durch große Gefahren und Umwälzungen herbeigeführt wird … Es kann nur durch rücksichtslose Gewalt geholfen werden. Je älter ich werde, desto demokratischer gesinnt bin ich.« (→ Freiheit, → Paulskirche, → Spenden)

Romantiker

Die Begegnung mit Clemens Brentano und Achim von Arnim eröffnete den jungen Jura-Studenten in Marburg eine ganz neue Welt. Begeistert steuerten Jacob und Wilhelm Grimm ihre Fundstücke für die Liedersammlung »Des Knaben Wunderhorn« bei, ohne zu diesem Zeitpunkt schon selbst an die Publikationen alter Schriften zu denken. Der Plan war eigentlich, rasch zu studieren und in die Fußstapfen des Vaters zu treten.

Doch durch die Freundschaft mit den Romantikern, wie sie spätere Generationen bezeichneten, wurde daraus nichts. Im Dezember 1810 schrieb Jacob an Brentano: »Ich denke oft daran, wie wir wohl geworden wären ohne die Bekanntschaft mit Savigny und mit Ihnen – sicher viel anders.«

Bewunderung und Dankbarkeit hielten die Brüder jedoch nicht davon ab, in editorischen Fragen anderer Meinung zu sein. Jacob kritisierte gegenüber Wilhelm, dass die »Wunderhorn«-Herausgeber »das Alte nicht als Altes« stehen ließen, sondern es »durchaus in unsere Zeit verpflanzen wollten, wohin es an sich nicht gehört«.

Bei ihrer Märchensammlung sollte das anders gemacht werden: Die ersten Ausgaben hielten sich stilistisch eng an die mündlichen Vorlagen. In den »Heidelberger Jahrbüchern« von 1815 verriss Clemens Brentano prompt diese Bemühung, der Vorlage treu und wahr zu folgen. Kaufen wollte die Märchen zunächst auch niemand. (→ Definition, → Jura-Studium, → Märchen, → Stil, → Übersetzerstreit)

Rot

Bücher wurden zur Zeit der Grimms nicht mit festem Einband, sondern als Buchblock verkauft. Der Käufer konnte dann selbst bestimmen, wie aufwendig das

Buch eingebunden werden sollte. Die Brüder, durch und durch Bibliothekare, waren zwar große Buchliebhaber, gleichzeitig wussten sie aber auch genau, dass es sich bei den von ihnen häufig benötigten Werken um Gebrauchsgegenstände handelte, die früher oder später Abnutzungserscheinungen zeigen würden. Da sie zudem einen großen Teil ihres Lebens über wenig Geld verfügten, wählten sie bevorzugt sogenannte Interimseinbände aus billigerem Papier oder Pappe. Unterschieden wurde dann eher in der Farbe: Wichtige Bücher ließen sie sich in rot einschlagen.

Fast alle Bücher standen in Jacobs Zimmer, er war der ordentlichere von beiden und hoffte so, den Bruder zu disziplinieren. Vergebens: »Wilhelm hat die größte Neigung, Bücher in seine Stube zu holen, wo er sie auf Tische legt, dass man sie schwer wieder findet«, beschwerte er sich. (→ Aufgeteilt, → Schreibtisch)

Runen

In vielen wissenschaftlichen Disziplinen gelten die Grimms als Vorreiter – auch auf dem Gebiet der Runenforschung. Das kam so: Auf dem Anwesen der befreundeten Familie von Schwertzell, die regelmäßig das Freitagslesekränzchen in Kassel besuchte, wurden auf dem Jettenberg mehrere Grabhügel entdeckt. 1817 ließ der Hausherr graben, und drei Urnen sowie mehrere Steine mit merkwürdigen Vertiefungen und Ritzen kamen ans Licht.

Fritz von Schwertzell informierte gleich seinen alten Freund Wilhelm Grimm über den Fund. Der hielt diese Zeichen zwar für »zufälliges Gekritzel«, nahm sie aber dennoch zum Anlass, eine Untersuchung »Über deutsche Runen« zu unternehmen. Er veröffentlichte seine Schrift im Jahr 1821, die alten Gräber auf dem Schwertzeller Gelände wurden darin nur am Rande erwähnt.

Aber Wilhelm war nicht der Einzige, der sich mit dem seltsamen Grabfund beschäftigte. Dietrich Christoph Rommel, Professor für Geschichte an der Marburger Philipps-Universität, hörte ebenfalls von den steinernen Zeichen vom Jettenberg und verkündete einen spektakulären Runenfund, ohne ihn je selbst gesehen zu haben.

Der jüngere Grimm kommentierte dieses trocken: »Über Herrn Rommels Entdeckungen verwundere ich mich gar nicht mehr, es gibt kaum etwas, was er nicht finden wird. Er kam einmal hier auf die Bibliothek und sprach von römischen Gefäßen, die er soeben beim Schlossbau bemerkt, indessen fand sich nachher, dass es hiesige Töpferarbeit aus dem vorigen Jahrhundert war, welche beim Schöpfen in den Brunnen gefallen war.«

Hundertzwanzig Jahre später fand der Geologe Max Blanckenhorn dann auch heraus, dass es sich bei den vermeintlichen Runen vom Jettenberg um Wurmspuren des »Corophioides luniformis Blanckenburgensis« handelte. (→ Anfang, → Hessisch, → Irrtum)

𝔖 *wie Sagen*

Die »Deutschen Sagen« waren nach den »Kinder- und Hausmärchen« das zweite große Projekt der Brüder und erschienen in zwei Teilen 1816 und 1818. Bei der Sammlung wollten sich die Grimms ursprünglich wie bei den zuvor gesammelten Geschichten vor allem auf mündliche Überlieferungen stützen. Als Zuarbeiter war Bruder Ferdinand vorgesehen, der in München und Berlin forschen sollte.

Dabei war dieser allerdings nicht sehr erfolgreich. Ferdinand enttäuschte seine Brüder wieder einmal und brachte nur schriftliche Zeugnisse mit. Nun stellte sich aber heraus, dass tatsächlich so gut wie keine mündlichen Vorlagen aufzutreiben waren, und von den abgedruckten Sagen ging nur ein Bruchteil auf mündliche Tradition zurück.

»Undank ist der Welten Lohn«, dachte sich Ferdinand Grimm und beschloss, für sich selbst zu sammeln. 1820 erschien unter dem Pseudonym »Lothar« seine eigene Sagensammlung. Die älteren Brüder schrieben ihm nach Erhalt eines Exemplars einen artigen Dankesbrief für die Zusendung, gestanden, nicht alles gelesen zu haben, und betonten, dass ihm das nötige Wissen und der Überblick fehle, um eine ernst zu nehmende Publikation älterer Sagen zu unternehmen.

Bei aller Geschwisterliebe: Konkurrenz im eigenen Hause war ihre Sache nicht. (→ Faul, → Geschwister)

Schneegestöber

Sprachen Jacob und Wilhelm zu Beginn der Arbeit am »Deutschen Wörterbuch« noch vom »Holzhacken«, wenn sie das Sichten und Ordnen des Materials meinten, fanden sie mit den Jahren eine gewaltigere Metapher. Die Masse der exzerpierten Belege drohte die Brüder derart zu erdrücken, »wie wenn tagelang feine, dichte Flocken vom Himmel niederfallen, bald die ganze Gegend in unermesslichem Schnee zugedeckt liegt, werde ich von der Masse aus allen Ecken und Ritzen auf mich andringender Wörter gleichsam eingeschneit«. (→ Qual, → Verkalkuliert)

Schönschrift

Ferdinand Philipp, der vierte der fünf Brüder, war völlig aus der Art geschlagen: faul, ständig in Geldsorgen, streitsüchtig. Seinen älteren, äußerst strebsamen Brüdern bereitete dies Sorge. Einmal beschafften sie dem Jüngeren eine sinnvolle Arbeit – wegen seiner schönen Handschrift empfahlen sie ihn Clemens Brentano zum Abschreiben der Lieder für »Des Knaben Wunderhorn«.

Großen Staat konnte man mit derlei Hilfsarbeiten allerdings nicht machen, die von ihm angefertigten Druckvorlagen wurden nach Erscheinen des »Wunderhorns« vernichtet, was blieb war allenfalls ein freundliches Schulterklopfen Brentanos und von Arnims.

Wohl vor allem weil er sich von den beiden Schriftstellern nicht ernst genommen fühlte, wollte Ferdinand bald nichts mehr mit ihnen zu tun haben. So schrieb er theatralisch an die Schwester Lotte: »Wenn nur der Brentano nicht hierher kommt, ich bin fremde Menschen müde.« (→ Faul, → Rausschmiss, → Teufel, → Wunderhorn, Des Knaben)

Schreibtisch

Der große, wuchtige Holzschreibtisch, an dem Jacob bis an sein Lebensende arbeitete, war ein Geschenk Wilhelms zum achtundzwanzigsten Geburtstag gewesen. Die besonders große Ablagefläche und die zahlreichen Schubladen sollten dem Älteren helfen, bei der Arbeit die Übersicht zu behalten.

So war es gedacht, doch Jacob war ein Sammler, nicht nur von Geschichten – tatsächlich stand schnell der ganze Tisch voller Dinge, die mit der Arbeit eigentlich nichts zu tun hatten. Von seinen Spaziergängen brachte er hübsche Steine und Pflanzen, von den Reisen stets Andenken mit, eine Dornröschen-Figur ist außerdem auf allen Bildern der verschiedenen Arbeitszimmer zu sehen, nebst einer liegenden Löwin und einem Püppchen auf einem Stuhl, möglicherweise ein Andenken an den ersten, früh verstorbenen Sohn Wilhelms. Außerdem durften natürlich das große Tintenfass und das Augenglas nicht fehlen. Für mehrere aufgeschlagene Bücher war kaum mehr Platz.

Bei seinem Bruder bot sich übrigens ein ähnliches, noch viel chaotischeres Bild. (→ Jacöbchen, → Naturfreunde, → Primel, → Rot)

Signalwirkung

Das Graben nach »Volkspoesie« wurde zur Obsession der Grimms, und sie steckten viele mit ihrer Leidenschaft an. Während des Wiener Kongresses 1814/15 nutzte Jacob den Umstand, dass sich in der Stadt Gesandte aus so vielen unterschiedlichen Ländern aufhielten, und gründete eine Gesellschaft für das Sammeln von Volksmärchen. Auch ging er zu Schriftsteller-Versammlungen, um dort Gewährsleute zu rekrutieren, traf sich »bei passablem Braten und schlechtem Bier und Wein« mit Friedrich Schlegel, Adam Müller oder Joseph von Eichendorff.

Seine Aufrufe hatten vor allem in den slawischen Ländern großen Nachhall, und vielerorts erschienen in der Folgezeit erstmals Sammlungen von Volksmärchen. Die Grimms selbst profilierten sich dann auch als Herausgeber fremdsprachiger Märchen. Nach den »Kinder- und Hausmärchen« gaben sie 1826 einen Band mit »Irischen Elfenmärchen« heraus, und kurz vor seinem Tod erschienen noch die von Wilhelm bearbeiteten »Spanischen Märchen«. Jacobs letzte Lektüre sollen »Albanesische Märchen« gewesen sein. (→ Fremdsprachen, → Märchen, → Wiener Kongress)

Spenden

Die nationalistische Begeisterung während der Freiheitskriege ergriff auch die Grimms. Während sich die jüngeren Brüder Carl Friedrich und Ludwig Emil aktiv als Soldaten am Kampf beteiligten, kamen die Daheimgebliebenen auf eine ihnen gemäße Idee zur Unterstützung der Armee: In ihrem Subskriptionsaufruf zur Publikation des »Armen Heinrich« hieß es, sie würden den Ertrag aus dem Verkauf für die Ausrüstung der Freiwilligen im Feldzug gegen Napoleon spenden.

Für diesen Zweck erschien das Buch allerdings zu spät, die Niederlage der Franzosen war bereits durch die Schlacht bei Waterloo besiegelt worden. Den Gewinn, fast das Doppelte von Wilhelms Jahresgehalt, spendeten die Brüder dann an die Hinterbliebenen der hessischen Gefallenen. (→ Napoleon, → Vaterlandsliebe)

Spenden II

Während Jacob Grimm nach dem Eklat in Göttingen als einer der Drahtzieher des Landes Hannover verwiesen wurde und vorübergehend beim Bruder Ludwig Emil in Kassel unterkam, blieben Wilhelm und die Seinen zunächst in Göttingen wohnen. Schließlich gingen die Kinder schon zur Schule, und ein so schneller Umzug war für die fünfköpfige Familie gar nicht möglich.

Doch wie sollte es weitergehen? Ideen, was sie mit ihrer freien Zeit anfangen könnten, hatten die beiden entlassenen Professoren genug, aber auch das Auskommen musste gesichert sein.

Die Welle der Unterstützung aus der Bevölkerung war geradezu überwältigend: Die Tat der »Göttinger Sieben« wurde innerhalb weniger Tage so berühmt, dass sich in vielen deutschen Städten sogenannte »Göttinger Vereine« gründeten, in denen Geld für die verfassungstreuen und tapferen Professoren gesammelt wurde. In den ersten zwölf Stunden der Spendenaktion kamen allein tausend Taler zusammen, und bis 1842, als der Historiker Dahlmann als Letzter der Sieben wieder eine Anstellung gefunden hatte, hatten sich insgesamt 22 357 Taler angehäuft.

Jacob war es zunächst unangenehm, Geld anzunehmen, doch riet Friedrich Christoph Dahlmann ihm dringend dazu, auch um die engagierten Bürger nicht vor den Kopf zu stoßen. In den folgenden Jahren verdienten dann wieder andere an der Tat der sieben Protestler: Bilder von ihnen wurden auf Porzellan und Pfeifenköpfe gedruckt, die vorübergehend ein Verkaufsschlager vor allem im studentischen Milieu waren.

Im Königreich Hannover war es für die Menschen natürlich schwieriger, ihre Sympathien zu zeigen – aber auch dort gab es Beistand. Rudolf, der zweite Sohn Wilhelms, musste im Jahr der Protestaktion zum Beispiel keine Schulgebühr bezahlen: Der Rektor brachte das Geld wieder bei den Grimms vorbei und schwor »Treue bis in den Tod«. (→Berühmt, →Comitat, →Geld, →Rechtfertigungsschrift, →Überwachung)

Spitznamen

Durch ihren enormen Fleiß und ihre Begabung erlangten die Brüder innerhalb weniger Jahre am Kasseler Lyzeum die Zulassung zum Universitätsstudium. Jacob ging im Frühjahr 1802 nach Marburg, um dort sein Jurastudium aufzunehmen. Die Trennung vom geliebten Bruder ging ihm sehr nahe, und beide waren froh, als Wilhelm ein Jahr später folgen konnte.

Als umtriebige junge Studenten, die die Stadt unsicher machten, darf man sich die Grimms allerdings nicht vorstellen. Das große Verantwortungsgefühl für die Mutter und die Geschwister ließ sie zurückgezogen und konzentriert ihre Studien verfolgen. Dementsprechend erhielt Jacob von seinen Kommilitonen den wenig humorvollen Spitznamen »der Alte«, der jüngere und etwas aufgeschlossenere Wilhelm wurde »der Kleine« genannt. (→Jura-Studium, →Proben)

Stil

Der anfängliche Stil der »Kinder- und Hausmärchen« fand im Bekanntenkreis keinen allzu großen Anklang. Da die Grimms sich bemüht hatten, die

Geschichten möglichst wortgetreu wiederzugeben, waren die Texte nicht nur stilistisch uneinheitlich, sondern einige davon auch behäbig erzählt und ohne einen klaren Spannungsbogen.

Ihr Freund und Vorbild Clemens Brentano schrieb nach Erscheinen des ersten Bandes: »Ich finde die Erzählungen aus Treue äußerst liederlich und versudelt und in manchem dadurch sehr langweilig. … dergleichen Treue, wie hier in den Kindermärchen, macht sich sehr lumpicht.«

Später betreute dann Wilhelm, der sich weniger der wortgetreuen Wiedergabe verpflichtet fühlte, alleine das als »Volksbuch« gedachte Werk. Er veränderte und ergänzte die Geschichten, um ihre Poesie deutlicher herauszustellen – auch ihren erzieherischen Charakter erhielten sie erst in dieser Überarbeitung.

Wilhelm folgte damit dem Hinweis Achim von Arnims, der ihm 1815 zum zweiten Band mit den Worten gratuliert hatte: »Du hast glücklich gesammelt, hast manchmal recht glücklich nachgeholfen, was du dem Jacob freilich nicht sagst, aber du hättest es noch öfter tun sollen.«

Und das tat er, vermutlich zunächst ohne Jacobs Wissen. So entwickelte sich über die folgenden Jahrzehnte die Stileinheit der Märchen – dem älteren Bruder gefielen sie schließlich auch, und er bewunderte die liebevoll gestaltende Hand des Jüngeren. (→ Autorität, → Illustrationen, → Märchenerzähler, → Übersetzerstreit, → Zweihundert)

Stipendien

Am 1. August 1848 beantragte Jacob Grimm vor der Nationalversammlung in der Frankfurter Paulskirche die Abschaffung des Adels. Er forderte, einen Artikel in die Verfassung einzubringen, der lauten sollte: »Alle rechtlichen Unterschiede zwischen Adligen, Bürgerlichen und Bauern hören auf, und keine Erhebung weder in den Adel noch aus einem niedern in den höheren Adel finden statt.« Der Adel, erklärte er ausschweifend, sei heute nur mehr »eine Blume, die ihren Geruch verloren hat, vielleicht auch ihre Farbe«.

Was hatte ihn, der dem König sein Leben lang unbedingten Respekt und Verehrung entgegenbrachte, zum Adelshasser gemacht? Ein Blick auf seine Studienzeit verrät einiges über seine revolutionäre Haltung: Damals in Marburg bekam nicht er, der begabte Schüler und älteste von sechs Halbwaisen, das gut dotierte Stipendium, sondern der junge Graf von Malsdorf, der reichste seiner Kommilitonen.

Als ähnlich unrechtmäßig muss Jacob auch das jähe Ende seiner Bibliothekarslaufbahn in Kassel empfunden haben. Nicht er bekam 1829 den Posten der Bibliotheksleitung, sondern der kurz zuvor geadelte von Rommel. Diese Brüskierung führte dazu, dass die Grimms ihr geliebtes Kassel verließen, um an der Universität in Göttingen ihren Verdiensten gemäß behandelt zu werden. (→Demütigung, →Ehrendoktoren, →Paulskirche)

𝔗 wie Taubenschlag

Mit einem solchen verglich der »Malerbruder« Ludwig Emil bei einem seiner Besuche in Berlin den Haushalt der älteren Brüder. Aus den zurückgezogenen Wissenschaftlern waren Herren der Gesellschaft, aus dem ruhigen Heim ein offenes Haus geworden. Bettine von Arnim kam fast täglich, aber auch andere Freunde und Bekannte, Kollegen von der Akademie und der Universität und Studenten verkehrten häufig in dem Haus in der Lennéstraße. Vor allem Wilhelm genoss die neue Gastlichkeit, während Jacob sich manches Mal in sein Zimmer verzog.

Zu viel Trubel herrschte auch für den Geschmack des Künstlers, und er schrieb nach Hause: »So viel weiß ich, dass ich hier nicht leben könnte.« (→ Berlin, → Quartier Latin, → Verzogen)

Tempo

Die Brüder liebten ihren täglichen Spaziergang. Ob morgens früh oder am späten Nachmittag, stets machten sich Jacob und Wilhelm gemeinsam auf, um die vom vielen Sitzen und Studieren verspannten Beine und den Rücken zu lockern, möglicherweise an der frischen Luft Probleme zu lösen und auf neue Ideen zu kommen.

Wegen ihres so unterschiedlichen Tempos allerdings – Wilhelm, der stets kränkliche, ging langsamen, gemessenen Schrittes, Jacob, der männlich-robuste, schritt tüchtig aus – verließen sie das Haus zwar gleichzeitig, liefen aber dennoch getrennt. Trafen sie sich dann zufällig im Tiergarten, grüßten sie sich durch einfaches Kopfnicken. Erst zu Hause wurden dann die neuen Gedanken ausgetauscht. (→ Ähnlichkeit, → Naturfreunde)

Teufel

Dass der Fleiß Jacob Grimms vielleicht geradezu unmenschlich sei, vermutete der Zeitgenosse Heinrich Heine. Der schrieb 1837 an die Franzosen: »Der einzige Jacob Grimm hat für die Sprachwissenschaft mehr geleistet als eure ganze französische Akademie seit Richelieu. Seine deutsche Grammatik ist ein kolossales Werk, ein gotischer Dom, worin alle germanischen Völker ihre Stimme erheben, wie Riesenchöre, jedes in seinem Dialekte. Jacob Grimm hat vielleicht dem Teufel seine Seele verschrieben, damit er ihm die Materialien lieferte und ihm als Handlanger diente bei diesem ungeheuren Sprachbauwerk. In der Tat, um diese Quadern von Gelehrsamkeit herbeizuschleppen, um aus diesen hunderttausend Zitaten einen Mörtel zu stampfen, dazu gehört mehr als ein Menschenleben und mehr als Menschengeduld.«

Dabei lag die wirkliche Fleißarbeit, nämlich die am »Deutschen Wörterbuch«, noch vor ihm … (→ Fleißig, → Grammatik, Deutsche, → Buchstabe X)

Titelkupfer

Im ersten Band des »Deutschen Wörterbuchs« prangt vorne ein Kupferstich der Autoren. Auf diesem berühmt gewordenen Bild sitzt Wilhelm links auf einem Stuhl und blickt schräg am Betrachter vorbei. Jacob steht rechts daneben, halb hinter dem Bruder, und schaut uns direkt in die Augen. Unten sind die Namen der beiden zu lesen – »Wilhelm Grimm« und »Jacob Grimm«, zwei ältere Herren in vornehmer schwarzer Kleidung.

Wie viele Scherereien diese Illustration dem Verleger Salomon Hirzel bereiten würde, der damit doch nur den Lesern eine Freude machen wollte, hatte dieser sicher nicht geahnt: Als Vorlage für den Stich diente ein Lichtbild, das Hermann Biow angefertigt hatte. Dieser Pionier der Fotografie hatte die Märchenbrüder um eine Sitzung gebeten.

Die Bildkomposition Biows hatte den Brüdern schon bei der Aufnahme nicht gefallen – sie wollten das Bild ja auch nicht haben. Allerdings kaufte es Karl Reimer, der damals zusammen mit Hirzel Inhaber der Weidmannschen Buchhandlung in Leipzig war, und gab es an Hirzel weiter. Der ließ es von einem Maler nachbessern und anschließend von einem Kupferstecher bearbeiten.

Nachdem er die Vorlagen gesehen hatte, entsetzte sich Jacob noch einmal über das Arrangement und bat, dem Band doch lieber zwei Einzelbilder voranzustellen. Wenn dies nicht mehr schnell genug zu bewerkstelligen sei, könne man die Illustration ja auch in einem späteren Band veröffentlichen. Schon die Vorlage sei einfach so falsch, dass daraus auch ein noch so großer Künstler daraus kein treffendes Bild der Brüder zeichnen könne. Sie hätten Biow mit seinem Daguerreotyp völlig freie Hand gelassen, und »nun sitzt Wilhelm da im Stuhl wie ein Kranker und ich habe das Ansehen eines herangerufenen Hausverwalters«.

Doch für eine Korrektur war es zu spät, der Stich wurde gedruckt. Nach Erhalt der Belegexemplare schrieb Jacob an Hirzel: »Die Frauen hier im Haus sind aufgebracht und erzürnt darüber. Die Namen unter den gestochenen Bildern sind ein lebhafter Missgriff. Das ist fast, als wenn man von jeder Person herunter einen Strich zieht, der auf eine Nummer oder den Namen führt, und so viel hätte dem Publikum überlassen werden müssen zu erraten«, schimpfte er und bemängelte außerdem an der Vignette: »Die Vöglein auf dem Eichenlaub gehören zur Verzierung von Kindermärchen, nicht eines Wörterbuchs.«

Dem gescholtenen Hirzel blieb nur zu sagen: »Ich bin aber froh, dass ich bei der Ankunft des Heftes nicht zugegen war, u. getraue mich nun nicht so bald, mich in Ihrem Haus sehen zu lassen, da auch die Frauenzimmer gegen mich sind.« (→ Unpassend)

Die enge Lebensgemeinschaft der Brüder Grimm konnte nur der Tod aufheben: Vier Jahre sollte der Ältere den Jüngeren überleben. Als Wilhelm im Jahr 1859 wegen eines eitrigen Karbunkels am Rücken schwer fieberte und das Bewusstsein verlor, befand sich Jacob gerade in Hamburg. Umgehend kehrte er nach Berlin zurück. Zunächst schien sich Wilhelms Zustand zu stabilisieren, dann kam der Rückfall.

Sein ältester Sohn Herman berichtete: »In einer Nacht war alles entschieden. Heftiges Fieber trat ein, am Morgen des 16. Dezember starb er. Er war nicht bei klarer Besinnung. Jacob, der neben seinem Kopfkissen auf einem niedrigen Sessel saß und fast seine Atemzüge zählte, erkannte er, hielt seinen Anblick aber für ein Bild und sagte, wie ähnlich es sei.«

Wie schwer dieser Verlust den Zurückgebliebenen traf, wurde den Zuhörern seiner »Gedenkrede auf Wilhelm Grimm« in der Berliner Akademie ein halbes Jahr später deutlich vor Augen geführt. In anrührender Weise berichtete Jacob über ihr gemeinsames Leben: »So nahm uns denn in den langsam schleichenden Schuljahren ein Bett auf und ein Stübchen, da saßen wir an einem und demselben Tisch arbeitend, hernach in der Studienzeit standen zwei Betten und zwei Tische in derselben Stube, im späteren Leben noch immer zwei Arbeitstische in dem nämlichen Zimmer, endlich bis zuletzt in zwei Zimmern nebeneinander, immer unter einem Dach in gänzlicher unangefochten und ungestört beibehaltener Gemeinschaft unsrer Habe und Bücher, mit Ausnahme weniger, die jedem gleich zur Hand liegen mussten und darum doppelt gekauft wurden. Auch unsere letzten Bette, hat es allen Anschein, werden wieder dicht beieinander gemacht sein.«

Auf seinem eigenen Sterbebett soll Jacob eine Fotografie des geliebten Bruders in die Hand genommen, sie lange betrachtet und dann vor sich auf die Decke gelegt haben. Die berühmten Märchenbrüder wurden nebeneinander auf dem Alten Sankt-Matthäus-Kirchhof in Berlin beerdigt. (→ Ähnlichkeit, → Frucht, → Verbundenheit, → Zweisamkeit)

Tricks

Manchmal mussten regelrechte Tricks angewendet werden, um an die wertvollen Märchenstoffe zu kommen: Wilhelm schrieb an Brentano, er habe in Marburg eine alte Frau besucht, von der es hieß, dass sie viele Märchen kenne. Die Frau, die in einem Hospital untergebracht war, wirkte verunsichert und wollte nicht mit dem hohen Besuch sprechen. Sie fürchtete sich zudem vor den Pflegerinnen, die angeblich nichts von ihren Geschichten wissen wollten.

Durch einen Zufall lernte Wilhelm kurz darauf den Schwager des Hausvogtes vom Hospital kennen, der dafür sorgte, dass seine Frau die Schwägerin davon überzeugte, ihren Kindern die Märchen erzählen zu lassen. Sie selbst saß dabei neben dem Bett der Alten und schrieb sie auf. »Durch so viele Schachte und Kreuzgänge wird das Gold erst ans Licht gebracht«, schloss Wilhelm zufrieden seinen Brief an Brentano. (→ Märchenerzähler)

U *wie Übersetzerstreit*

Die »Edda«-Edition erschien 1815 ein wenig überhastet. Die Grimms hatten sorgfältig und gründlich an der Übertragung der nordischen Dichtung gearbeitet, andere hatten sich weniger Mühe gemacht und kamen ihnen mit der Erstveröffentlichung zuvor. Nun wollten sie ihre Version zügig der Öffentlichkeit präsentieren, konnten sich bei der Frage der Übersetzung aber nicht einig werden.

Für Jacob war Volkspoesie unantastbar, seiner Meinung nach verbot sich jede Veränderung des Inhalts und der Form durch künstlerische Umgestaltung – Wilhelm sah das anders. Daher wurden dem Leser zwei Übersetzungen angeboten: die streng wissenschaftliche von Jacob und die freie von Wilhelm.

Dieser »Übersetzerstreit« wiederholte sich, als Wilhelm die »Altdänischen Heldenlieder« herausgab. Jacob schrieb an den Freund und Lehrer Savigny: »Wir haben darüber von Anfang bis zuletzt gestritten, ohne zurecht zu kommen.« Doch der, wie auch von Arnim, schlug sich auf Wilhelms Seite.

Der gefundene Kompromiss, der Abdruck zweier verschiedener Lesarten, ist heute in der Literaturgeschichte durchaus üblich. Auch hier setzten die Brüder also Maßstäbe. (→ Romantiker, → Stil)

Übersetzungen

Die »Kinder- und Hausmärchen« fanden schon zu Lebzeiten der Grimms große Verbreitung. Übersetzungen der Sammlung erschienen 1816 in Dänemark, 1820 in den Niederlanden, 1823 in England, 1826 in den USA und Schweden, und bald darauf gab es auch Ausgaben auf Französisch, Russisch, Ungarisch und ab 1887 auch auf Japanisch.

Der große Verkaufserfolg der englischen Ausgabe, die nur ausgewählte Märchen enthielt, brachte Jacob auf die Idee, auch in Deutschland eine »Kleine Ausgabe« herauszubringen. Diese erschien 1825, ausgestattet mit den Illustrationen des »Malerbruders« Ludwig Emil.

Der Siegeszug der Grimmschen Märchen im Volk begann. (→ China, → Fremdsprachen, → Illustrationen)

Überwachung

Nach der unfreiwilligen Rückkehr aus Göttingen nach Kassel wusste man dort nicht so recht, wie man mit den Grimms umgehen sollte. Was hatten die »politischen Flüchtlinge« jetzt im Sinn? Konnten sie dem Kurfürstentum Hessen gefährlich werden, wollten sie auch hier agitieren? Man ließ die Brüder, denen doch nichts ferner lag, als sich für eine Partei zu engagieren, und die mit ihrer Aktion doch einzig ihrem Gewissen gefolgt waren, polizeilich überwachen.

Mehrmals täglich streifte Wachpersonal am Haus vorbei und beobachtete das Leben der Großfamilie durch die Fenster. Praktischerweise lebte der »Malerbruder« mit Frau und Kindern, bei denen Jacob, Wilhelm, Dortchen und die drei Kinder vorübergehend eingezogen waren, im Erdgeschoss.

Wilhelm konnte dort »Freunden die Hand aus dem Fenster reichen«, wie er in Briefen an Freunde berichtete. Mag sein, dass er sich auch über den einen oder anderen streunenden Spaziergänger gewundert hat. (→Berühmt, →Kloster)

Ulk

Über Dumme-Jungen-Streiche der Brüder Grimm ist nichts bekannt. Dass aber auch sie sich zuweilen Scherze auf anderer Leute Kosten erlaubten, bezeugt der Briefwechsel zwischen Jacob und Wilhelm aus der Studentenzeit. Als der Ältere mit dem verehrten Lehrer Savigny für einige Monate zu Forschungszwecken in Paris lebte, schrieb Wilhelm ihm von einer »neuen Art von Spaß«, die er erfunden und die der gemeinsame Jugendfreund Paul Wigand auszuführen habe: Der Spaß »besteht darin, dass er an alle schreiben muss, die einfältige und närrische Briefe schreiben. Die antworten dann, und wir lachen hernach aus allen Kräften darüber.«

Bevorzugt schnitt Freund Wigand auf Anweisung des Grimm-Bruders in seinen Lock-Briefen »filosofische« Themen an. Wilhelm zitierte aus einer dieser hilflosen Rückantworten und setzte frech hinzu: »Übrigens ist es merkwürdig, dass alle unsere Korrespondenten selbst überzeugt sind, vortreffliche Briefe zu schreiben.«

Jacob antwortete umgehend – begeistert. Auch in Paris, wo er von der Idee berichtete und die entsprechenden Stellen laut vor Bekannten gelesen habe, seien alle in schallendes Gelächter ausgebrochen. Gemein. (→Jugendzeit, Briefwechsel aus der, →Jura-Studium)

Umzüge

Nach dem Eklat in Göttingen und der Entlassung der berühmt gewordenen Sieben musste dringend ein neuer Arbeitgeber her. Der Ruf nach Berlin war den wieder in Kassel gestrandeten Grimms daher einerseits sehr willkommen, andererseits taten sie sich schwer, die hessische Heimat erneut zu verlassen.

Berlin hatte es nicht leicht, im Vergleich mit der Heimat zu punkten. Über den ersten Wohnsitz der Grimm-Familie in der Lennéstraße nahe dem Tiergarten wird an die Freunde in Kassel berichtet, das Haus sei »auf der einen Seite von Gärten, auf der andern von Eichbäumen umgeben«. Die seien nur leider »nicht so schön und prächtig wie in Hessen, aber doch ganz stattlich«. Gut gefiel den Herren Professoren, die doch eher Landeier waren, dass man direkt um die Ecke einen Spaziergang machen konnte, »ohne die geräuschvolle heiße Stadt zu berühren«. Die Wohnung mit ihren zehn Zimmern sei allerdings »nicht so geräumig wie in Göttingen«.

Sechs Jahre wohnten die Grimms in dieser »engen« Behausung, dann wollte man sich vergrößern. Sie zogen in die Dorotheenstraße, wo es allerdings Ärger mit dem Vermieter gab, der die Miete schon nach kurzer Zeit drastisch erhöhen wollte. Da sich außerdem die Räume schlecht heizen ließen und das oft kränkelnde Ehepaar Grimm nicht für teures Geld frieren wollte, blieben sie dort nur zehn Monate.

In der Linkstraße fanden die Exil-Hessen schließlich ihr endgültiges Domizil, ein »palastartiges« Haus, das den Besucher, so wird berichtet, mit seiner Vornehmheit durchaus einschüchtern konnte. Hier blieben die Brüder bis zu ihrem Tod und arbeiteten in zwei großzügigen Zimmern nebeneinander – geräumig genug war es ja nun. (→ Berühmt, → Landei, → Quartier Latin, → Zwischentür)

Uniform

In der Zeit, als Jacob seinen Lehrer Savigny in Paris bei Forschungen zur Geschichte des römischen Rechts unterstützte, reifte in ihm ein bestimmter Wunsch: Er wollte sich eine Stellung zu suchen, die ihm wenig Arbeit bereiten und viel Zeit für seine eigenen Studien lassen würde.

Nach seiner Rückkehr aus der Seine-Stadt nahm er 1806 eine Stellung im Sekretariat des hessischen Kriegskollegiums in Kassel an und traf dort auf ideale Bedingungen – mit einer winzigen Ausnahme. Die »geistlose Arbeit« verschaffte ihm zwar ausreichend Muße für das Studium der Poesie des Mittelalters, allerdings musste er in steifer Uniform und »mit Puder und Zopf« erscheinen. (→ Banause, Der nächste)

Unpassend

Auf der ersten Seite des ersten Bandes des »Deutschen Wörterbuchs« prangt eine schmuckvolle Vignette. Jacob Grimm war nicht eben begeistert, als er das druckfrische Erzeugnis in den Händen hielt. Auf dem verzierten Banner heißt es: »Am Anfang war das Wort«.

Dieser Bibelspruch war nun wirklich ein Missgriff des Verlags. Noch 1851 hatte er in seiner Rede »Über den Ursprung der Sprache« vor der Berliner Akademie seine Ansicht zum Thema kundgetan und sich dabei Herder angeschlossen: Nicht Gott, sondern der Mensch habe die Sprache entwickelt, und die Publikation sollte ja eben nachweisen, in welchen Stufen dies geschehen war. (→ Titelkupfer)

Unterricht

Eine gründliche Schulbildung war den Eltern Grimm wichtig, die Söhne sollten einmal studieren wie der Vater. Im dörflichen Steinau gestaltete sich dies allerdings schwierig. Lesen und Schreiben hatten die Kinder schon bei ihrer Tante gelernt.

Henriette Schlemmer, eine Schwester des Vaters, kümmerte sich nach dessen Tod auch in anderen Belangen aufopfernd um die überforderte Witwe und ihre Sprösslinge. Den Schulunterricht absolvierten die Kinder dann beim Stadtpräzeptor Zinkhahn, der nach Aussage der Brüder offenbar kein besonders förderlicher Lehrmeister war.

Jacob hält sich in seiner Lebensbetrachtung noch sehr zurück, wenn er schreibt, dass von ihm »wenig zu lernen war, außer Fleiß und strenge Aufmerksamkeit«. Immerhin seien ihnen »aus dessen charakterischem Benehmen eine Menge ergötzlicher Späße, Redensarten und Manieren zurückgeblieben«. Bruder Ludwig Emil urteilt weit strenger: Ein unfähiger Prügelpädagoge sei der Zinkhahn gewesen, der den Stöcken und ledernen Peitschen, mit denen er seine Schüler züchtigte, sogar Namen gegeben hatte.

Möglicherweise ist der Einser-Schüler Jacob diesen einfach nie vorgestellt worden. (→ Fleißig, → Landei)

𝔙 *wie Vaterlandsliebe*

Die Liebe zu ihrem Heimatland Kurhessen war den Grimms von frühster Kindheit an wie selbstverständlich eingegeben. »Wir hielten unsern Fürsten für den besten, den es geben könnte, unser Land für das gesegnetste unter allen«, schrieb Jacob in seiner »Selbstbiographie«.

Diese Liebe ging so weit, erinnerte er sich, dass der »Malerbruder« Ludwig Emil auf Landkarten Flüsse und Städte in Hessen dicker malte. Und diese Verbundenheit mit Hessen blieb, trotz der Enttäuschungen, die die Grimms von »ihren« Fürsten hinnehmen mussten, prägend.

Noch zwei Jahrzehnte nach dem schmachvollen Weggang aus Kassel gestand Jacob in der Vorrede zur »Geschichte der deutschen Sprache«, dass er in diesem Buch einen inhaltlich kaum zu erklärenden Schwerpunkt auf das Hessische gelegt habe, doch »das wird keinen, der mich kennt, verwundern, da ich an meiner Heimat, in der meines Bleibens nicht war, immer lebhaft hing und noch hänge«. (→ Banause, → Banause, Der nächste, → Hessisch)

Verbundenheit

Nach dem Tod Wilhelms 1859 benutzte Jacob in den folgenden vier Jahren, die er den Bruder überlebte, dessen Handexemplare der bisher publizierten Lieferungen des »Deutschen Wörterbuchs«. Für die beiden war eine extra Fassung mit breitem Rand für die Korrekturen zur zweiten Auflage gedruckt worden.

Mit der Handschrift des Verstorbenen vor Augen bewahrte er sich die Illusion, weiterhin gemeinsam an diesem Buch zu arbeiten. (→ Ähnlichkeit, → Tod, → Widmungen)

Vergleich, Unpassender

Man muss kein Grimm-Kenner sein, um zu merken, dass der Vergleich, den Friedrich Wilhelm IV. bemühte, um seine Verehrung gegenüber den gelehrten Brüdern Ausdruck zu verleihen, ziemlich unpassend war. Bettine von Arnim, die sich in Berlin für die beiden stellungslosen Freunde einsetzte, berichtete in einem Brief an Jacob Grimm, die Chancen stünden gut, dass der König sie in Preußens Hauptstadt hole, denn er liebe die Brüder: »Er schrieb mir, dass ihr ihn begeistert wie der beste Trunk aus dem Rheingau!« (→ Geld, → Ovationen, → Rentner)

Verkalkuliert

Vermutlich wären Jacob und Wilhelm Grimm auf das Angebot der Leipziger Verleger Karl Reimer und Salomon Hirzel, »die unfreiwillige Muße auszufüllen und ein neues, großes Wörterbuch der deutschen Sprache abzufassen«, gar nicht eingegangen, hätten sie gewusst, was für ein gewaltiges Projekt es werden würde. Beide hatten nach dem Rauswurf in Göttingen zwar keine feste Anstellung, den Kopf aber voll mit Ideen, die sie nun verwirklichen wollten. Da aber auch Geld verdient werden musste, willigten sie ein – nebenher würde man ja dennoch Zeit für anderes haben, glaubten sie. Auch erschien ihnen die Aussicht, frei arbeiten zu können und sich nicht wie bisher im Staatsdienst verbiegen zu müssen, äußerst attraktiv. Bei einem Band pro Jahr, so die Rechnung, würden sie sechs bis sieben Jahre beschäftigt sein.

Eine Fehlkalkulation, wie sich schon bald herausstellen sollte: Vierzehn Jahre dauerte allein das Zusammentragen des Materials, wobei ihnen dreiundachtzig Mitarbeiter halfen, die im gesamten deutschen Sprachraum forschten und exzerpierten.

Schon nach dem ersten Jahr sprachen die beiden untereinander nur noch vom »Holzhacken«: »Ich hacke täglich ein paar Stunden Holz« hieß also, dass mehrere Stunden des Tages mit Sichten und Ordnen vergangen war. Manchmal vermeldete Wilhelm auch: »Ich habe einiges fertig gehobelt.«

»Hätte ich das vorausgesehen, so hätte ich mich mit Händen und Füßen dagegen gesträubt«, gestand Jacob Grimm nach den ersten Jahren, in denen sie nicht einmal zum Ausarbeiten der gesammelten Einträge kamen. Bis zu zwölf Stunden täglich widmete er der Arbeit am Wörterbuch – die anderen Projekte blieben zum größten Teil unerledigt. (→ Erholung, → Frust, → Leipzig, → Schneegestöber, → Spenden II)

Verlage

Aus heutiger Sicht kaum vorstellbar, aber wegen des schleppenden Verkaufs der ersten Ausgabe der »Kinder- und Hausmärchen« 1812 und vor allem des zweiten Bandes 1815 kam es zwischen den Brüdern Grimm und ihrem Verleger Georg Andreas Reimer zu einigen unschönen Szenen – und Jacob und Wilhelm suchten sich für ihr nächstes Projekt einen anderen Verlag. Die »Deutschen Sagen« erschienen im folgenden Jahr nicht bei Reimer, sondern beim Berliner Konkurrenten Nicolai.

Man hatte sich offenbar schon zu diesem Zeitpunkt so schwerwiegend um Geld und gegenseitige Gefallen gestritten, dass eine Zusammenarbeit kaum mehr möglich schien. Der Kontakt zu Reimer war bereits 1809, beim ersten Besuch Wilhelms in Berlin, geknüpft worden. Brentano vermittelte damals die Nachwuchsautoren aus Kassel an den Verleger, der ihnen die Möglichkeit bot, ihre gesammelten Märchenstoffe drucken zu lassen, honorarfrei, versteht sich. Als weitere freundliche Geste wollte Reimer die Anstellung des jüngeren, als schwierig geltenden Grimm-Bruders Ferdinand verstanden wissen.

Als sich dann die zweite, neu bearbeitete Auflage deutlich besser verkaufte, sah sich Reimer einerseits bestätigt, richtig investiert zu haben, andererseits war er aber wohl nicht der Meinung, den Grimms stünde nun auch eine angemessene Beteiligung zu. Die Streitereien zogen sich über Jahre hin und wurden mit harten Bandagen ausgetragen: 1834 entließ Reimer Ferdinand, der fast zwanzig Jahre lang als Hilfskraft für ihn gearbeitet hatte. Für die Brüder war offensichtlich, dass es sich dabei um einen Angriff gegen sie handelte.

Als Wilhelm Jahre später den literarischen Nachlass seines Freundes Achim von Arnim für eine Werkausgabe sichten sollte, schrieb er 1839 in einem Brief an dessen Witwe Bettine über Reimer, in dessen Verlag auch einige Werke von Arnims erschienen waren: »Er hat sonst gute und edle Züge in seinem Charakter, ist aber ein ganz anderer Mann, wenn es auf sein Geschäft ankommt.« (→ Faul, → Freundschaften, → Illustrationen, → Schönschrift)

Verzogen

Im Umgang mit Erwachsenen tat sich Jacob Grimm oft schwer, in intensiven Arbeitsphasen zog er sich oft gänzlich in sein Studierzimmer zurück und schüttelte

Gästen, denen er nicht ausweichen konnte, allenfalls wortlos die Hand.

Mit Kindern aber war es etwas anderes! Zu ihnen war er stets freundlich und herzlich und veranstaltete manche Späße. Den Sprösslingen seines Bruders Wilhelm, Herman, Rudolf und Auguste, war in seiner Gegenwart alles erlaubt, er verzog sie geradezu.

Eine Nachbarin bemerkte diesbezüglich: Bei den Grimmschen Kindern sei »jede Erziehung fast unmöglich«. (→Apapa, →Jacöbchen)

Viehmännin, Die

Wo die Brüder Grimm ihre Märchenstoffe auflasen, beschäftigt Germanisten seit Generationen. Selbst haben sie ihre Quellen nämlich nur in den wenigsten Fällen benannt. Eine Ausnahme machten sie bei einer Bäuerin aus dem Dorf Niederzwehren, Dorothea Viehmann. Sie solle, so heißt es in der Vorrede zum zweiten Band, einen großen Teil der Vorlagen für die »Kinder- und Hausmärchen« geliefert haben. Als Reverenz ließen sie ein Bild der »Viehmännin«, gemalt vom Bruder Ludwig Emil, auf die Titelseite der Buchs drucken. Von den siebzig Märchen dieses Bandes stammen offenbar fünfzehn von ihr.

»Sie bewahrt diese alten Sagen fest in dem Gedächtnis, welche Gabe, wie sie sagt, nicht jedem verliehen ist und mancher gar nichts behalten könne. Dabei erzählt sie bedächtig, sicher und ungemein lebendig mit einigem Wohlgefallen daran, erst ganz frei, dann, wenn man will, noch einmal langsam, so dass man ihr mit einiger Übung nachschreiben kann. Manches ist auf diese Weise wörtlich beibehalten und wird in seiner Wahrheit nicht zu verkennen sein.« (→ Märchenerzähler, → Marie, Die alte)

Vorwort

Umfangreiche und teils sehr persönliche Vorworte finden sich in allen Publikationen der Brüder Grimm. Im ersten Band des »Deutschen Wörterbuchs« ist die Vorrede stolze hundert Seiten lang – ein Wahnsinnswerk in jeder Hinsicht. (→ Widmungen)

𝔚 *wie Wagner*

Jacob Grimms 1835 erschienene Untersuchung zur »Deutschen Mythologie« wurde ein großer Publikumserfolg und diente zahlreichen zeitgenössischen Autoren als Grundlage für ihre literarische Produktion. Auch Richard Wagners Opus magnum, »Der Ring des Nibelungen«, ist von diesem Grimmschen Werk angeregt.

In die Verlegenheit, sich eine der achtzehnstündigen Aufführungen dieser Oper ansehen zu müssen, ist Jacob Grimm nicht mehr gekommen. Er starb, während Wagner noch komponierte – im Gegensatz zu seinem Bruder Wilhelm hasste er Opern. (→ Ausflug)

Widmungen

Die Bibliothek der Grimms wurde nach ihrem Tod zu großen Teilen an die Berliner Universität verkauft. In den Büchern fanden sich über dreihundertdreißig Widmungen in zehn verschiedenen Sprachen – Geschenke von Gelehrten aus der ganzen Welt. In ihren eigenen Publikationen sagten sie sich eingangs in der Regel gegenseitig Dank, und eine besonders bewegende Zueignung findet sich im dritten Band von Jacobs »Deutscher Grammatik«.

In der Entstehungszeit des Werks hatte Wilhelms angeschlagener Gesundheitszustand wieder einmal Grund zu ernsthafter Sorge gegeben, und so schrieb sein Bruder in der Vorrede: »Lieber Wilhelm, als du vorigen Winter so krank warst, musste ich mir auch denken, dass deine treuen Augen vielleicht nicht mehr auf dieses Buch fallen würden. Ich saß an deinem Tisch, auf deinem Stuhl und betrachtete mit unbeschreiblicher Wehmut, wie sauber und ordentlich du die ersten Bände meines Buches gelesen und ausgezogen hattest; mir war, als wenn ich es nur für dich geschrieben hätte, und es, wenn du mir genommen würdest, gar nicht mehr möchte fertig schreiben. Gottes Gnade hat gewaltet und dich uns gelassen, darum von Rechts wegen gehört dir auch das Buch.«
(→ Frevel, → Kränklich, → Vorwort)

Als sein Arbeitgeber, König Jérôme Bonaparte, 1813 floh, verlor Jacob seine Stelle als Privatbibliothekar, wurde aber vom zurückgekehrten hessischen Kurfürsten zum Legationssekretär ernannt. Als solcher musste er, sehr zu seinem Leidwesen, auch an verschiedenen diplomatischen Treffen teilnehmen.

1814 ging es zum Wiener Kongress. Schon die Fahrt dorthin empfand der eher zum Stubenhocker geborene Gelehrte als eine Strapaze: Ab Regensburg reiste die Delegation mit einem Schiff donauabwärts, auf dem es so kalt war, dass er »über und über den Schnupfen bekam, weil keine Betten, nicht einmal Decken da waren und ich keinen Mantel hatte, dazu auf einer harten Bettkante lag und nichts als das Wimmern des Ruderkranzes hörte«.

Die langwierigen Verhandlungen über die Neuaufteilung Europas, in die sich die über zweihundert Staatsoberhäupter in Wien monatelang verstrickten, ermüdeten ihn – ihn zog es eher in die Bibliotheken der Stadt, wo er sich auf die Suche nach alten Handschriften machte. Sein mangelndes Engagement fiel jedoch auf, und er wurde beim Kurfürsten denunziert, was ihm eine Rüge einbrachte und die Aufforderung, mehr Zeit in Gesellschaft zu verbringen, um »Gerüchte aufzuschnappen«.

Derlei war nun wirklich nichts für Jacob, und in ihm reifte der Entschluss, dass diese Mission seine letzte im diplomatischen Dienst sein sollte. Am 2. Mai 1815 schrieb er an seinen Bruder, dass man einfach »zu viele langweilige Menschen kennenlernen muss«, und gestand: »Ich kann und mag durchaus nicht länger in meinem dermaligen Verhältnis bestehen.«

Zurück in der Heimat nahm er dann tatsächlich schnellstmöglich seinen Abschied und arbeitete von da an wie Wilhelm in der ruhigen und ernsthaften Atmosphäre der Kasseler Bibliothek. (→ Bescheiden, → Paulskirche, → Signalwirkung, → Zensur)

Wohngemeinschaft

Während seiner ersten Kur im Jahr 1809 bei Prof. Christian Reil in Halle traf Wilhelm Clemens Brentano. Vor der Rückreise ließ er sich von diesem überreden, einen Abstecher zu Achim von Arnim nach Berlin zu unternehmen. Dort verlebten die drei ein paar angenehme und anregende Wochen und wohnten zusammen in den von Achim von Arnim gemieteten Zimmern in der Mauerstraße 34.

Wie so häufig wurden die unterschiedlichen Vorstellungen von Ordnung und Sauberkeit allerdings zur großen Herausforderung der Wohngemeinschaft: »Freilich beim Arnim war's am schlimmsten, und so arg, dass Brentano, der doch eine gute Unordnung verträgt, es nicht mehr aushalten konnte und drei Tage lang an Ordnung der Bibliothek arbeitete. Allein Arnim klagte nun über die entstandene Unordnung, und wie er nichts finden könnte. Die Commode war mit Röcken, Wäsche, Büchern pyramidenförmig aufgehäuft, alle Schubladen waren herausgezogen, in den Ecken waren Gewehre aller Art aufgepflanzt, die zwei vorhandenen Stühle waren besetzt mit Büchern, Briefschaften, Hausgerät, z. B. Gläsern, Messern, wozwischen rote Tücher als Friedensfahnen heraushingen und Ruhe hinter dem verschiedenen Zeug hielten.«

Wilhelms Zimmer sah von allen dreien am ordentlichsten aus – »das war sehr natürlich und nicht meine Schuld, denn meine Geräte waren ein Bett, ein Tisch und ein Sofa, davor als Stuhl, weiter nichts«. (→ Goethe, → Hilfestellung, → Kränklich)

Wunderhorn, Des Knaben

Dass Jacob und Wilhelm bei dieser berühmten Liedersammlung von Clemens Brentano und Achim von Arnim, die in drei Teilen zwischen 1805 und 1808 erschien, ihre Finger im Spiel hatten, ist allgemein bekannt. Dass sich zudem die jüngeren Grimm-Brüder auf die ein oder andere Weise beteiligten, weiß kaum jemand.

Für Teil 2 und 3 stellten nämlich die beiden an Volkspoesie interessierten Studenten Jacob und Wilhelm nicht nur mindestens achtundzwanzig Lieder aus ihrer gerade begonnenen Sammlung zur Verfügung – darunter das berühmte »Schlaf, Kindlein,

Schlaf« und »Es tanzt ein Bi-Ba-Butzemann« –, sondern Wilhelm zeichnete auch das zweite Titelblatt, ein Trinkhorn, verziert mit der Silhouette Heidelbergs. Auch die jüngeren Grimms trugen ihren Teil bei: Ferdinand schrieb mit seiner offenbar bemerkenswert schönen Handschrift die Lieder ab, Ludwig Emil zeichnete das Titelkupfer zum dritten Teil.

Für Brentano und von Arnim war der Kontakt zu den Grimms also in mehrfacher Hinsicht ergiebig. (→Initialzündung, →Malerbruder, →Romantiker, →Schönschrift)

X *wie Buchstabe X*

Hätten die Grimms ihr »Deutsches Wörterbuch« selbst beendet und wären bis zum Buchstaben X gekommen, hätten sie vermutlich nicht wegen ihrer großen Leistung, sondern wegen ihres übermenschlich hohen Alters Berühmtheit erlangt: Erst 1971, mehr als hundertdreißig Jahre nach Beginn der Arbeiten an diesem Großprojekt, erschien als letzter Band das Quellenverzeichnis zum »DWB«.

Der Beitrag der Brüder, die fünfundzwanzig Jahre ihres Lebens dem Sammeln, Ordnen und Ausarbeiten der 600 000 von ihnen zusammengetragenen Belegzettel widmeten, umfasst gerade einmal neun Prozent des gesamten Nachschlagewerks. Wilhelm beendete noch den Buchstaben D, bevor er verstarb, Jacobs letzter Eintrag beschäftigte sich mit der »Frucht«.

Rund hundertdreißig Mitarbeiter halfen über die Jahre beim Exzerpieren der Quellen »von Luther bis Goethe« und bis in die Gegenwart, 2100 Briefpartner aus aller Welt trugen mit ihrem Wissen dazu bei, 25 000 Quellen wurden ausgewertet. Das endgültige Werk besteht aus über 300 000 Stichwörtern in 67 744 Spalten und ist auch als Online-Version verfügbar.

Ein derartiges Ausmaß hätten sich die Brüder gewiss nicht träumen lassen. (→ Deutsch-Deutsch, → Schneegestöber, → Verkalkuliert)

Y *wie Yankee*

Hier gilt Ähnliches wie für den Buchstaben X. Wären die Brüder Grimm bis hierher gekommen, hätten sie vermutlich – wie ihre Kollegen und Nachfolger es über ein Jahrhundert später getan haben – unter anderem über den Begriff »Yankee« geschrieben. Nachgewiesen ist dieser Spottname für US-Amerikaner im Deutschen nämlich schon seit 1792. (→ Fremdwort)

Z *wie Zensur*

Mit der Stelle als Bibliothekar in Kassel war auch ein unangenehmes Amt verbunden: Im Jahr 1820 wurde Jacob Grimm zum Mitglied der Zensurkommission bestimmt, eine Aufgabe, die ihm, der selbst als Publizist tätig war, nicht schmecken konnte.

Wie zu erwarten, empfand man dort seine Empfehlungen als zu liberal: Mehrfach sprach er sich vor der Kommission zum Beispiel für die Texte des geächteten Joseph von Görres aus, für dessen »Rheinischen Merkur« Jacob schon selbst geschrieben hatte – und blieb jedes Mal erfolglos. Wieder und wieder nutzte er die schriftlich anzufertigenden Beurteilungen dazu, Sinn und Zweck der Zensur grundsätzlich in Frage zu stellen. Da in den anderen deutschen Staaten andere Zensurgesetze herrschten, sei der Sinn von derlei regionalen Verboten doch ohnehin fragwürdig.

Dass das Aufstellen von Regeln und Gesetzen im Regierungsalltag nicht unbedingt dem gesunden Menschenverstand folgt, sollte er 1848 in der Frankfurter Paulskirche ein weiteres Mal deutlich zu spüren bekommen. Sein Fazit: Reale Politik war seine Sache nicht, dem Traum von der deutschen Einheit kam er in seinen Publikationen viel unkomplizierter näher. (→ Fremdwort, → Paulskirche)

Zitiert

Gewusst wie: Geschickt rechtfertigt Jacob Grimm die Aufnahme auch derbster Wörter in das »Deutsche Wörterbuch«. In der Vorrede warnt er zunächst empfindliche Gemüter: »Das Wörterbuch ist kein Sittenbuch, sondern ein wissenschaftliches, allen Zwecken gerechtes Unternehmen. Selbst in der Bibel gebricht es nicht an Wörtern, die bei der feinen Gesellschaft verpönt sind. Wer an nackten Bildsäulen ein Ärgernis nimmt oder an den nichts auslassenden Wachspräparaten der Anatomie, gehe auch in diesem Saal an den missfälligen Wörtern vorüber und betrachte die weite überwiegende Mehrzahl der andern.«

Derart vorbereitet trifft der Leser dann gleich im ersten Band des Prestigeprojekts auf das Wort »Arsch«. In zwei eng bedruckten Spalten werden neben einer detaillierten Etymologie des Wortes auch zahlreiche Sprichwörter aufgelistet, denn: »In einer großen Anzahl von derbkräftigen, oft sinnreichen und poetisch gewandten Redensarten des Volkes, welche die feine Welt scheu abweist, spielt dies Wort eine Hauptrolle; viele derselben sind so alt, auch unsrer Sprache gemein mit andern, dass sie hier nicht übergangen werden dürfen. Das Altertum war natürlich und gerade heraus, heute hält man für anständig, sich nur abgezogner Ausdrücke wie ›After‹, der ›Hintere‹, das ›Gesäß‹, der ›Sitzer‹, die ›Sitzteile‹ oder gar des Euphemismus das ›Allerwertheste‹ zu bedienen:

must all die garstigen Wörter lindern,
aus Scheißkerl Schurk,
aus Arsch mach Hintern.

(Goethe, 36, 66)

Es gibt aber Augenblicke, wo der Rede noch immer das unverhüllte Wort entschlüpfen muss, in manchen Redensarten wird es noch jetzt, vordem aber viel öfter, arglos und gleichgültig ausgesprochen.« Den hochverehrten und allerorten anerkannten Dichtergenius Johann Wolfgang von Goethe zu zitieren, nahm natürlich jedem möglichen Kritiker von vornherein den Wind aus den Segeln.

Überhaupt musste jeder, der sich mit den Brüdern auf ein Gespräch einließ, davon ausgehen, dass die beiden zu jeder Gelegenheit das passende Zitat parat hatten. (→ »a leck me!«, → Goethe)

Zweihundert

Die weiteren Auflagen der »Kinder- und Hausmärchen« betreute Wilhelm Grimm alleine. Diese Neuausgaben wurden beständig überarbeitet und erweitert: Nicht nur fügte der eifrige Sammler volkstümlicher Redewendungen in bereits veröffentlichte Texte ihm noch passend erscheinende Sprichwörter und Redensarten zusätzlich ein, er bereicherte die Sammlung auch durch neue Geschichten.

So wuchs der Märchenschatz stetig an, und aus den ursprünglich fünfundachtzig Texten waren 1850, als der Bestseller in der sechsten Auflage erschien, zweihundert geworden. Diese runde Zahl wollte Wilhelm einerseits unbedingt beibehalten, gleichzeitig aber nicht auf das Märchen von den »Zwölf faulen Knechten« verzichten, das ihm neu zugetragen worden war. Daher fügte er in der »Ausgabe letzter Hand«, an der er 1857 zu arbeiten begann, hinter die

Nummer 151 die Nummer 151* (mit Sternchen) ein – ein geschickter Trick.

Allerdings wurden die zehn Kinderlegenden, die ab der zweiten Auflage im Anhang abgedruckt wurden, in die Zählung mit aufgenommen – die »Kinder- und Hausmärchen« umfassen daher doch zweihundertzehn Textbeiträge. (→ Märchen, → Stil)

Zweisamkeit

Im Falle der Grimms kann man wirklich von einem »Bund fürs Leben« sprechen: Als Kinder teilten sie nicht nur Tisch und Bett, sondern auch ihre Kleidung. Gemeinsam bestritten sie ihre Ausbildung in Kassel und Marburg, und zusammen gestalteten sie ihr Berufsleben als Bibliothekare, Professoren und Herausgeber verschiedener Buchprojekte. Sogar die Ehe Wilhelms konnte dieser Gemeinschaft nichts anhaben.

Die Brüder hielten sich damit an eine Absprache, die sie im frühen Erwachsenenalter, in einer kurzen Phase des Auseinanderseins, getroffen hatten: »Wir wollen uns einmal nie trennen, und gesetzt, man wollte einen anderswohin tun, so müsste der andere gleich aufsagen. Wir sind nun diese Gemeinschaft so gewohnt, dass mich schon das Vereinzeln zum Tode betrüben könnte«, schrieb der zwanzigjährige Jacob 1805 aus Paris, wo er seinem Lehrer Savigny bei seinen Forschungen zur Hand ging, an den Bruder in Marburg.

Der antwortete: »Das ist immer mein Wunsch gewesen, denn ich fühle, dass mich niemand so lieb hat als Du, und ich liebe Dich gewiss ebenso herzlich.«

Tatsächlich gab Jacob bald darauf eine mögliche diplomatische Karriere für seinen Bruder und zugunsten der gemeinsamen Arbeit als Bibliothekare in Kassel auf, auch Rufe an verschiedene Universitäten wurden ausgeschlagen.

Zu den längsten Trennungen zu Lebzeiten der beiden zählten die Monate nach der Entlassung der »Göttinger Sieben«: Da Jacob zudem des Landes verwiesen worden war, zog er zunächst alleine nach Kassel zurück und wartete dort ein dreiviertel Jahr lang sehnsüchtig auf den Bruder. Für Wilhelm, der die Verantwortung für Frau und Kinder trug, war die Übersiedlung in die alte Heimat ohne Aussicht auf eine Anstellung nicht unbedingt eine aussichtsreiche Option. Doch die Briefe des Bruders, in denen es hieß, dass er seine Bücher, die Kinder und natürlich ihn, den Bruder, schmerzlich vermisse, erinnerten ihn wieder an sein Versprechen, und er folgte dem Älteren nach.

In dieser Zeit hielt man sich mit Spenden und den kleinen Erträgen aus den Büchern mehr schlecht als recht über Wasser. Jacob dachte sogar ans Auswandern, konnte sich aber wegen seiner »besseren Hälfte« nicht dazu entschließen: »In mir hat sich schon mehrmals die wehmütige Lust geregt auszuwandern, am liebsten nach Schweden, und meinem Vaterland, gegen das ich nie etwas verbrochen, den Rücken zu kehren; aber ich hänge zu fest an Wilhelm und den Seinigen, darum geht es nicht.« (→Bescheiden, →Jugendzeit, Briefwechsel aus der, →Spenden II)

Zwischentür

Die beiden letzten Arbeitszimmer der Brüder in der Berliner Linkstraße lagen direkt nebeneinander und waren durch eine Zwischentür verbunden. Wie man auf den berühmten Aquarellgemälden von Moritz Hoffmann und den um 1860 entstandenen Fotografien allerdings deutlich sieht, war diese von beiden Seiten mit Möbelstücken verstellt. Ein Rufen oder kurzer Austausch »zwischen Tür und Angel« war so nicht möglich.

Offiziell wollte Jacob, der intensiv am ersten Band (A bis C) des »Deutschen Wörterbuchs« werkelte und dazu absolute Ruhe brauchte, nicht von den Besuchern, die der geselligere Bruder auch während der Arbeitszeit empfing, gestört werden – inoffiziell heißt es, er konnte das sehr viel langsamere Tempo Wilhelms, der an »seinem« Buchstaben D saß, schlecht ertragen. Schon das so viel bedächtigere Kratzgeräusch der Schreibfeder aus dem Nachbarraum machte ihn nervös ...

Es schien die einzige Lösung zu sein: Die Tür musste zugestellt werden! Um dennoch die gewohnte und anregende Nähe des anderen zu spüren, stellte sich

Jacob eine Fotografie des Bruders auf seinen Schreibtisch, in Wilhelms Zimmer thronte auf dem Regal vor dem Durchgang eine Büste Jacobs. (→ Apapa, → Umzüge)

Biografien

1785 Geburt Jacob Grimms am 4. Januar in Hanau

1786 Geburt Wilhelm Grimms am 24. Februar in Hanau

1791 Umzug der Familie von Hanau nach Steinau

1796 Tod des Vaters Philipp Wilhelm Grimm

1798 Beginn der Schuljahre am Kasseler Lyzeum

1802 Jacob beginnt ein Jura-Studium in Marburg

1803 Wilhelm folgt Jacob nach Marburg zum Jura-Studium

1805 Studienreise Jacobs nach Paris

1806 Jacob wird Sekretär beim hessischen Kriegskollegium in Kassel

Wilhelm legt sein juristisches Examen ab

1806/08 *Des Knaben Wunderhorn* von Clemens Brentano und Achim von Arnim erscheint, Mitwirkung der Brüder Grimm

1807 Jacob verliert nach der Besetzung Hessens durch die Franzosen seine Anstellung

1808 Tod der Mutter Dorothea Grimm, geb. Zimmer

Jacob wird Privatbibliothekar bei Jérôme Bonaparte in Kassel

1809 Besuch Wilhelms bei Goethe in Weimar

1811 Jacobs *Über den altdeutschen Meistersang*

Wilhelms *Altdänische Heldenlieder*

1812 *Kinder- und Hausmärchen, 1. Bd.*

1813 Niederlage Napoleons, Rückkehr des Kurfürsten nach Kassel, Jacob wird Legationssekretär

1813 – 1815/16 *Altdeutsche Wälder (Zeitschrift)*

1814 Wilhelm wird Bibliothekssekretär in Kassel

1815 Jacob beim Wiener Kongress und in Paris

Kinder- und Hausmärchen, 2. Bd.

Der arme Heinrich

Lieder der alten Edda

1816 Jacob wird Bibliothekar in Kassel

Deutsche Sagen, 1. Bd.

1818 *Deutsche Sagen, 2. Bd.*

1819 Ehrendoktorenwürde der Universität Marburg für die Brüder Grimm

Kinder- und Hausmärchen, 2. Aufl.

Jacobs *Deutsche Grammatik, Bd. 1*

1821 Wilhelms *Über deutsche Runen*

1822 *Kinder- und Hausmärchen, 3. Bd.*

1825 Wilhelm heiratet Dorothea Wild

»Kleine Ausgabe« der *Kinder- und Hausmärchen*

1826 *Irische Elfenmärchen*

Jacobs *Deutsche Grammatik, Bd. 2*

1828 Jacobs *Deutsche Rechtsaltertümer*

Wilhelms *Graf Rudolf*

1829 Berufung beider an die Universität Göttingen

Wilhelms *Deutsche Heldensage*

1830 Jacob wird Bibliothekar und ordentlicher Professor

Wilhelm Bibliothekar in Göttingen

1831 Wilhelm wird außerordentlicher Professor

Jacobs *Deutsche Grammatik, Bd. 3*

1832 Wilhelm wird korrespondierendes, Jacob ordentliches Mitglied der Berliner Akademie

1834 Wilhelms *Freidanks »Bescheidenheit«*

1835 Wilhelm wird ordentlicher Professor

Jacobs *Deutsche Mythologie*

1836 Wilhelms *Rosengarten*

1837 Protest der »Göttinger Sieben«, Entlassung

Jacob zieht nach Kassel, *Deutsche Grammatik, Bd. 4*

1838 Wilhelm zieht mit Familie nach Kassel

Rolandslied, erste Pläne für das *Deutsche Wörterbuch*

Jacobs Rechtfertigungsschrift *Jacob Grimm über seine Entlassung*

1839 Wilhelms *Werner vom Niederrhein*

1840 Berufung der Brüder an die Preuß. Akademie der Wissenschaften

Jacobs *Weistümer, Bd. 1 und 2,* Wilhelms *Konrad von Würzburg*

1841 Umzug nach Berlin, Ernennung Wilhelms zum ordentlichen Mitglied der Akademie, Jacobs Antrittsrede an der Universität *Über die Altertümer des deutschen Rechts*

1842 Erste Akademievorträge

Jacobs *Weistümer, Bd. 3, Merseburger Zaubersprüche*

1843 Jacobs Italienreise

1844 Jacobs Skandinavienreise

1846 Germanistenversammlung in Frankfurt am Main unter Jacobs Vorsitz

Wilhelms *Athis und Prophilias*

1847 Germanistenversammlung in Lübeck unter Jacobs Vorsitz

1848 Jacob im Frankfurter Parlament, Ende der Dozententätigkeit

Jacobs *Geschichte der deutschen Sprache*

1850 Jacob beginnt mit der Ausarbeitung des *Deutschen Wörterbuchs*

1851 Jacobs *Über den Ursprung der Sprache*

Wilhelms *Zur Geschichte des Reims*

1852 Wilhelm beendet seine Dozententätigkeit

1854 *Deutsches Wörterbuch, 1. Bd.*

1859 Tod Wilhelms am 16. Dezember

1860 *Deutsches Wörterbuch, 2. Bd.*

Jacobs *Rede Auf Wilhelm Grimm und Rede über das Alter*

1862 *Deutsches Wörterbuch, 3. Bd.*

1863 Jacobs *Deutsche Weistümer, 4. Bd.*

Tod Jacobs am 20. September

Literatur

Lothar Bluhm und Heinz Rölleke: »Redensarten des Volks, auf die ich immer horche«. Märchen – Sprichtwort – Redensart. Stuttgart: S. Hirzel Verlag 1997

Helmut Brackert: Andauernde Provokation. Zum Streit um das Grimmsche Wörterbuch, in: Die Grimms, die Germanistik und die Gegenwart. Hrsg. Volker Mertens, Wien: Fassbänder 1988 (= Philologica Germanica; 9)

Briefwechsel zwischen Jacob und Wilhelm Grimm, Teil 1. Hrsg. von Heinz Rölleke, Stuttgart: S. Hirzel Verlag 2001 (= Jacob und Wilhelm Grimm Briefwechsel, Kritische Ausgabe; 1,1)

Briefwechsel der Brüder Jacob und Wilhelm Grimm mit den Verlegern des »Deutschen Wörterbuchs« Karl Reimer und Salomon Hirzel. Hrsg. Alan Kirkness unter Mitarbeit von Simon Gilmour, Stuttgart: S. Hirzel Verlag 2007 (= Jacob und Wilhelm Grimm Briefwechsel, Kritische Ausgabe; 5)

Die Brüder Grimm in ihren Selbstbiographien. Hrsg. Manfred Kluge, München: Wilhelm Heyne Verlag 1985

Die Brüder Grimm in Berlin. Bilder – Studien – Dokumente. Hrsg. Grimm-Sozietät zu Berlin e.V., 2., durchges. Aufl., Stuttgart: S. Hirzel Verlag 2005

Jacob Grimm: Selbstbiographie. Ausgewählte Schriften, Reden und Abhandlungen. Hrsg. und eingel. von Ulrich Wyss, München: dtv 1984

Hermann Gerstner: Brüder Grimm in Selbstzeugnissen und Bilddokumenten. Reinbek bei Hamburg: Rowohlt 1973 (= Rowohlt Monographien)

Bernd Heidenreich und Ewald Grothe (Hrsg.): Kultur und Politik. Die Grimms, Frankfurt: Societätsverlag 2003

Sabine Knopf: Grimms Märchen und ihre Illustratoren in Leipzig, in: Aus dem Antiquariat. Zeitschrift für Antiquare und Büchersammler. Ausgabe 4/2003, 15.8.2003, S. 294 – 296

Manfred Lemmer: Die Brüder Grimm. 3., neubearb. Aufl., Leipzig: Bibliographisches Institut 1985

Wolfgang Mieder: »Findet, so werdet ihr suchen!« Die Brüder Grimm und das Sprichwort. Bern, Frankfurt am Main, New York: Peter Lang 1986 (= Sprichwörterforschung Bd. 7)

Herbert Scurla: Die Brüder Grimm. Ein Lebensbild. 2. Aufl., Berlin: Verlag der Nationen 1985

Jürgen Weishaupt: Die Märchenbrüder. Jacob und Wilhelm Grimm – ihr Leben und Wirken. Kassel: Verlag Thiele & Schwarz 1985

Der unbekannte Bruder Grimm: deutsche Sagen von Ferdinand Philipp Grimm. Aus dem Nachlass. Hrsg. Gerd Hoffmann und Heinz Rölleke, Düsseldorf, Köln: Diederichs 1979

ISBN 978-3-359-01325-9

Umschlaggestaltung: Matthias Gubig, unter Verwendung eines Doppelporträts der Brüder Grimm © bpk / Nationalgalerie, SMB / Andres Kilger
Druck und Bindung: CPI Moravia Books GmbH

Ein Verlagsverzeichnis schicken wir Ihnen gern:
Eulenspiegel · Das Neue Berlin Verlagsgesellschaft mbH & Co. KG
Neue Grünstr. 18, 10179 Berlin
Tel. 01805/30 99 99
(0,14 €/Min., Mobil abweichend)

Die Bücher des Eulenspiegel Verlags erscheinen in der Eulenspiegel Verlagsgruppe.

www.eulenspiegel-verlag.de